NOS
TRIA
LSOS
&c.

VOYAGE
ET
AVANTURES
DE
FRANCOIS LEGUAT,

& de ses Compagnons,

EN DEUX ISLES DESERTES
DES
INDES ORIENTALES.

Avec la Rélation des choses les plus remarquables qu'ils ont observées dans l'Isle MAURICE, à BATAVIA, au Cap de BONNE-ESPERANCE, dans l'Isle St. HELENE, & en d'autres endroits de leur Route.

Le tout enrichi de Cartes & de Figures.

TOME PREMIER.

A AMSTERDAM,
Chez JEAN LOUIS DE LORME, Libraire.
MDCCVIII.

A

TRES-HAUT ET TRES-PUISSANT

SEIGNEUR,

MESSIRE HENRI DE GREY,

MARQUIS ET COMTE

DE KENT;

COMTE DE HARROLD

VICOMTE DE GOODRITH; &c.

PAIR DE LA

GRAND' BRETAGNE.

CHAMBELLAN
DE LA MAISON DE LA
REINE,
L'UN DES SEIGNEURS DU
CONSEIL PRIVE
DE SA MAJESTE'
GOUVERNEUR DE LA PROVINCE
DE HEREFORD.
&c. &c.

MONSEIGNEUR,

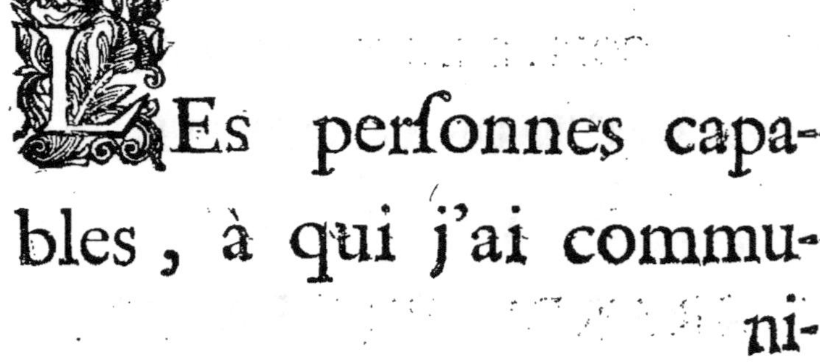

LEs perſonnes capables, à qui j'ai communiniqué cette Rélation, m'ayant unanimement assuré que, malgré ses défauts, ils espéroient qu'elle seroit favorablement reçue du Public, je me suis abandonné à leurs sentimens, en consentant qu'elle fût imprimée. Et cette approbation m'a déterminé aussi, MONSEIGNEUR, dans le dessein craintif où j'étois, de préſenter ce petit Livre à VÔTRE GRANDEUR. Quelque ſuportable qu'on l'ait trouvé, je n'ai pas la préſomption de penſer qu'il mérite de Vous être offert: Mais, MONSEIGNEUR, s'il n'en eſt pas abſolument indigne; s'il eſt tel que Vous puiſſiez ne dédaigner pas de Vous en faire quelque amuſement, dans les momens de Vôtre loiſir;

Que

EPITRE.

Que Vôtre Bonté pardonne, s'il lui plaît, à la liberté que j'ai priſe! qu'elle excuſe, je l'en ſuplie avec une ſoumiſſion profonde, ſi je n'ai pu réſiſter à des conſeils qui ont flatté mon déſir !

VÔTRE GRANDEUR me fera, ſans doute, la juſtice de croire que mon intention eſt bonne, quand même elle ſeroit accompagnée de quelque ſorte de témérité. Je ſais, MONSEIGNEUR, que les hauts Titres que Vous portez, ne ſont que très-peu de choſe, en comparaiſon de la Nobleſſe immémorialement illuſtre de vôtre Sang. Je ſais que Vos grands Emplois ſont des récompenſes glorieuſes de Vôtre zéle & de Vos Services pour SA

MA-

MAJESTÉ, & pour l'ETAT. Je ſais que la Splendeur de Vos Dignitez, & de Vos Richeſſes, céde infiniment à l'éclat de Vos Héroïques Vertus ; malgré celle qui retient quelquefois les autres, & qui les fait regner en ſecret, au fond de Votre cœur. Je ſais, en un mot, que Vos Qualitez éminentes, ſont au deſſus de mes foibles Loüanges; & que mon devoir eſt de les admirer, plûtôt que de penſer à les décrire; bien loin de n'avoir pas une extrême vénération pour elles.

Après ces proteſtations, MONSEIGNEUR, j'eſpere que Vous ferez grace aux manquemens de mon Epître, & de mon Hiſtoire: Et qu'après m'avoir vû vû trainer une triſte vie, pendant trois ans entiers, dans l'Iſle affreuſe de mon Exil, ſous la Tyrannie intereſſée d'un cruel petit Dominateur ; VOTRE GRANDEUR voudra bien m'acorder ſa généreuſe & puiſſante Protection, dans la plus floriſſante Iſle du monde, où la bonne Providence m'a enfin heureuſement conduit ;

&

& où je ne cesserai jamais de lui adresser mes voeux, pour Votre abondante & éternelle Prospérité : Etant avec un très-profond respect,

MONSEIGNEUR,

Le 7. Octobre
A Londres.
1707.

DE VÔTRE GRANDEUR,

Le très-humble, & très-obeïssant Serviteur.

FRANÇOIS LEGUAT.

PREFACE.

QU'ON dise tout ce qu'on voudra contre les Préfaces: Pour moi, je les lis toûjours avec utilité. Vouloir se priver d'une chose si nécessaire, c'est quitter une bonne mode, au péril de la Commodité, & de la Raison. Celui qui s'expose à la Multitude, se met dans un si grand danger, quelque juste que soit son dessein, & quelque bon que soit ce qu'il execute,

cute, qu'il eſt de ſa prudence de ne rien négliger, pour bien diſpoſer les eſprits des Lecteurs, & pour prévenir les mauvais effets de l'ignorance, & de la malice. Mais ſi l'Auteur ſe conduit ainſi pour ſon propre interêt, il me ſemble que ceux qui veulent bien lire ſon Livre y rencontrent auſſi le leur. Puis qu'on leur applanit le chemin, qu'on les éclaire, & qu'on leur rend aiſées, beaucoup de choſes qu'ils auroient trouvées difficiles. Quoi qu'il en ſoit, bon & équitable Lecteur, je vous prie de permettre que j'aye ici un petit entretien avec vous, avant que vous liſiez la Rélation que je vous préſente.

Quand nous nous embarquâmes

mes dans nôtre *Hirondelle*, à *Amſterdam*, mes Compagnons de fortune & moi; une foule de nos Amis nous accompagnerent, & parmi leurs derniers adieux, ils ne ſe laſſérent point de nous crier de loin, tant qu'ils nous aperçurent encore, qu'ils nous conjuroient de leur mander de nos nouvelles; & de remplir nos Lettres, de toutes les circonſtances de nos Avantures. Je formai, dans ce moment-là, le deſſein de les ſatisfaire; mais vous verrez, par la lecture de nôtre Hiſtoire, que mon intention n'a pû être executée. Après mon retour, je ne pus ni leur refuſer la demande qu'ils me firent de leur communiquer mon Journal; ni m'exempter de leur répon-

répondre ſur cent & cent choſes que je n'y avois pas inſérées, mais dont j'avois la mémoire toute récente. Je ne crois pas m'être une ſeule fois rencontré, depuis ce temps-là, avec aucune perſonne de ma connoiſſance, qui ne m'ait fait une infinité de queſtions, & qui n'ait volontiers écouté mes réponſes. Même, pour dire naïvement la vérité, je me ſuis quelquefois trouvé importuné par toutes ces demandes.

Pour me délivrer de ce petit embarras, il me vint un jour dans l'eſprit, que ſi je faiſois un narré écrit, de mon Voyage & de mes Avantures, je m'épargnerois la peine de parler beaucoup, en communiquant ce ce Récit à ceux de mes Amis qui le voudroient voir.

Effectivement, je me mis à écrire. Je n'eûs pas si tôt achevé, que ces Mémoires coururent le monde. Quand on me les rendoit, il me sembloit que j'apercevois un certain air content, dans le visage de ceux qui les avoient lûs, dont je tirois un augure qui me plaisoit. Je voyois qu'on s'interessoit à toutes les choses qui m'étoient arrivées; & même on me disoit, *Faites imprimer cela; ne craignez point, le Livre sera joli: Il faut être modeste, mais il ne faut pas avoir trop de timidité. Il y a là dedans quelque chose d'extraordinaire & de singulier, qui plaît à tout le monde.*

de. Croyez vos amis, & publiez cette Rélation.

On m'a ainſi tenté, & perſuadé. Il y a une choſe fort vraye que l'on ajoûtoit, & qui a beaucoup contribué à vaincre ma répugnance. C'eſt qu'on me nommoit un grand nombre de Faux-Voyages, & même aſſez mal inventez, qui ne laiſſoient pas de ſe débiter. En effet, diſois-je en moi-même, Tel, & Tel, (je réſiſte à peine à l'envie d'en nommer quinze ou vingt) tel & tel Téméraire, a eû l'audace d'impoſer au Public, & de lui mettre en main de fourberies ridicules, qui ont été reçuës; pourquoi donc ne ſeroit-il pas permis à un honnête homme de raconter des choſes vrayes, &

& dont il y a quelque uſage à faire ? De miſerables Romans, avec leurs fables mal-ajuſtées trouvent des Acheteurs ; pourquoi mon Roman véritable auroit-il une deſtinée plus malheureuſe ?

J'entens ici le Lecteur critique. Il y a, dit-il, maniere d'exprimer les choſes. Une Relation bien écrite eſt lûë avec plaiſir, quand même elle ſeroit un peu badine, ou un peu Romaneſque. On demande aujourd'hui une perfection de Langage, avec plus d'empreſſement, & avec plus de ſévérité que jamais. Les petits *Riens* de M. l'Abbé de *Choiſi*, par exemple, dans ſon *Voyage de Siam*, ont une grace incomparable ; ils ont des agrémens préférables, à beaucoup de Matériaux précieux. *Nous mouillons. On appareille. Le vent prend courage. Robin est mort. On dit la Messe. Nous vomissons.* Ces petits mots, qui font la moitié du Livre, sont d'un prix qui ne se peut dire : ce sont des Sentences. Cela est si fin, si joli, qu'on le doit plus aimer que des Découvertes. Et vous, Gentilhomme Campagnard qui racontez vos affaires *grosso modo*; qui dites tout bonnement ce que vous avez vû, ou ce que vous avez entendu, sans fard, & sans façon; est-ce que vous iriez vous imaginer que vôtre Histoire, veritable, singuliere, morale même, & politique tant qu'il vous plaira, doive entrer en comparaiſon d'un Livre bien écrit?

J'avoüe le fait. Je ne ſuis ni Auteur poli, ni Auteur, du tout; & je n'ai jamais crû que je le deviendrois, juſqu'à ce que j'aye été comme forcé de céder à des importunitez qui ont duré cinq ou ſix ans. Il eſt vrai, & très-vrai, que je ſuis bien éloigné d'avoir le rare talent de M. l'Abbé de *Choiſi*, ſa délicateſſe eſt extrême ſans doute: il écrit poliment, & la fine naïveté de ſon *Pâque aproche*; de ſes, *Calme tout plat*; *Je ne voi que de l'eau*; *La même chanſon*; *Rien à vous dire*; eſt un ragoût nouveau qui plaît, & qui captive; au lieu que ces ſortes d'Aſſaiſonnemens exquis me ſont inconnus. La ſimple VERITE', toute nue, & la SINGULARITE' de nos Avantures ſont le corps & l'ame de ma Rélation. Mais puiſque le Prince de l'Eloquence Romaine a loüé *Ceſar*, (ou l'Auteur de ſes *Commentaires*,) d'avoir écrit ſans aucun artifice, & ſans ornement; j'eſpére que je rencontrerai auſſi des gens d'un goût paſſable, qui ſans rien diminuer du prix de la Simplicité *rare* de M. l'Abbé de *Choiſi*, ſouffriront volontiers auſſi ma Simplicité *commune*.

Cette naïveté ſi naïve a ſon fard: Et on ſait que les Habitans de la République des Lettres, comme ceux de la Friperie, mettent en uſage diverſes ſortes de Luſtres. Je

Je ſais auſſi qu'un Manteau Latin, Manteau commode & vénérable, eſt quelquefois d'un heureux ſecours à des gens qui n'ont rien à dire, & qui veulent brouiller du papier; de même que la gentilleſſe d'un Style éveillé & badin; l'invention de la fable; & celle des Rimes, ſervent de couverture à quantité d'autres. *Juvenal* & *Boileau* ſont en droit de chanter goguettes à qui bon leur ſemble, & les plus chetifs Rimailleurs avec eux.

Si mon Voyage étoit écrit en Hébreu, je ſuis bien aſſuré, qu'il iroit pour le moins du pair, avec celui de Rabbi *Benjamin*. Et s'il étoit ſeulement en Latin, entrelardé de Grec, *à la Montfauconne*, avec deux petits d'*Arabe* pour Saupiquet ; il eſt indubitable que ſi les Lecteurs me manquoient, j'aurois du moins des Admirateurs. Car, veut-on débiter impunément, & même avec ſuccès, cent inutilitez, cent fadaiſes, cent divers fatras de Literature inſipide, cent copies de ce que les autres ont dit & redit, cent menſonges, & cent invectives? Le ſecret eſt de dire tout cela en Latin, ou de le dire en vers.

Voyez certain Révérend Pere de nôtre connoiſſance ; Tout ſon Livre eſt parſemé de fautes ; de choſes mal choiſies ; de répetitions dégoutantes ; de néans, ou de babioles ; d'inſultes pédantesques ; de contradictions injurieuſes & mal fondées ;

dées; mais tout cela eſt exprimé en Latin. Ce Docteur vouloit abſolument donner une Rélation de ſon Voyage, à l'imitation du P. *Mabillon* dont il eſt l'Ecolier; Et comme pour toute Nouveauté, il n'avoit que des Catalogues de Bulles & de Décrétales, ou d'autres Piéces de bas alloi cent fois épluchées, & cent fois rebutées; avec le Manuſcrit, juſqu'ici mépriſé, du pauvre *Vacca*; que pouvoit-il faire? Il pouvoit écrire tolérablement en Latin; donner à la Rapſodie de ſes bagatelles, un paſſeport Latin, & un habit Latin.

Mais n'auroit-il pas mieux fait d'écrire en ſa propre Langue, d'une maniere judicieuſe, civile, & ſage; & d'abréger matiere?

Ou plûtôt, de n'écrire point du tout ? Qu'eſt-ce que la TURBA ERUDITORUM qu'il inſtruit ſi mal, avec une vanité ſi grande, avoit affaire de ſon *Journal* ? Il n'y a là dedans que très-peu de choſe qui meritât d'être publié ; & cela ſe pouvoit envoyer à Meſſ. de *Trevoux*, ou ailleurs. Avoit-on affaire de ſa Querelle d'Allemand, & de ſon Triomphe chimérique, ſur le fait de l'Evangile de S. *Marc* écrit de la PROPRE MAIN du Saint, EN LATIN ? Encore, ſi ce *Moine bourru* eût conté modeſtement ſes petites raiſons ! S'il n'eût pas choqué avec autant de ruſticité que d'injuſtice, des gens qui n'ont penſé à lui ni en bien, ni en mal ; & qui ſont en en état de lui donner la Discipline quand bon leur semblera !

Pour moi donc, j'écris en François ; en mon simple François : n'aspirant, ni à un plus haut degré de beauté de Style, qu'à celui qui est nécessaire pour être entendu ; ni à aucun Langage *surnaturel*.

Au reste, souvenez-vous, je vous prie, Lecteur, que des Isles désertes n'ont eû garde de me fournir l'ample matiere que les Voyageurs rencontrent ordinairement, dans les Païs habitez, qu'ils visitent. Je n'ai trouvé ni Villes, ni Temples, ni Palais, ni Cabinets de Raretez, ni Monumens antiques, ni Académies, ni Bibliothéques ; ni Peuples, sur la Religion, la

Langue, le Gouvernement, les Mœurs & Coutumes desquels, j'eusse des Observations à faire. J'ai déja dit, & je répéterai encore, que ce qui donne quelque valeur, au peu de chose que j'ai été encouragé de vous présenter, c'est premierement ce qu'il y a de *particulier* & d'*extraordinaire*, dans les Faits, & les Avantures. Habiter deux ans un Désert; s'en sauver par merveille; retomber de *Charybde* en *Scylla*, comme dit le Proverbe ancien; soufrir mille miseres, pendant trois nouvelles années, sur un Rocher sec, par une Persécution inouïe; En être délivré contre l'apparence; & le tout, avec des circonstances étranges: il y a en cela quelque

que chose de *Singulier*. Secondement, c'est la pure & naïve *Vérité* de tout ce que je raconte. Je n'ai point eû la pensée d'embellir mes récits, en exagérant rien, aux dépens de cette Vérité que j'ai toute ma vie respectée. Et j'ajoûterai, pour vôtre satisfaction, qu'il y a encore deux Témoins vivans de tout ce que j'avance.

Entre les choses qui se raportent par ceux qui ont voyagé les derniers, dans des lieux connus & décrits; il est inévitable qu'il n'y en ait pas quelques unes dont les premiers n'ayent pas déja fait quelque mention. Quoi qu'il en soit, à mon égard, lors que je parle du Cap de *Bonne-Esperance*, de *Batavia*,

& de quelques autres endroits dont plusieurs Voyageurs ont écrit, je parle des choses qui m'ont paru dignes d'être remarquées, sans m'informer beaucoup de ce qui peut en avoir été dit par d'autres. Si, dans ces occasions, je fais des Remarques qui n'ayent pas la grace entiere de la Nouveauté; en récompense, elles se trouveront sans doute accompagnées de circonstances nouvelles. Car, quand est-il arrivé, que deux hommes qui ne sont pas copistes, mais témoins oculaires, & juges des choses, ayent parlé de la même maniere sur un même sujet?

Je finirai par quelques Réflexions sur trois Difficultez, qui m'ont été faites. Car je ne veux rien

rien vous dissimuler, cher Lecteur; ni rien négliger pour vous satisfaire.

I. On dit que j'ai des Digressions.

Sur cela, je vous prie de considérer deux choses. J'avoüe, qu'en écrivant ces Memoires, il m'est souvent venu une même pensée qu'à M. l'Abbé de *Choisi*, de qui nous parlions tout à l'heure. *J'ai du regret*, (dit-il de temps en temps) *que la matiere ne se présente pas, telle que je la désirerois. ... Je donne ce que j'ai. Je voudrois bien avoir plus de jolies choses à vous dire.* La vérité est que je me suis trouvé bien des fois dans un pareil cas. Mes Isles dépourvuës, ne m'ont pas assez fourni de de varieté ; & je confesse que pour en trouver, je me suis quelquefois un peu écarté.

Cependant, si on me rend justice, on approuvera, à ce que j'espere, la seconde réponse, que j'ai à faire. Il me semble que le vrai caractére d'une bonne Rélation, c'est de contenir les choses remarquables que le Voyageur a vûes, qu'il a aprises, ou qui lui sont arrivées ; d'une maniere telle, que son Lecteur en soit informé, comme s'il avoit voyagé lui-même ; comme s'il avoit été témoin de tout. A prendre la chose ainsi, on peut raporter tout ce qui est parvenu à sa connoissance; Conversations, Discours, Avantures, Reflexions : bien-entendu, que ce soient

ſoient des choſes tellement fournies par le Voyage, qu'on n'eût pû ſe les aquérir autrement. Comme au contraire, ce qu'on pourroit imaginer de meilleur, & de plus agréable, n'entreroit que fort mal à propos, dans une Rélation de cette nature, ſi cela n'étoit né, pour ainſi dire, dans le Voyage, & ne lui appartenoit pas proprement, & indépendemment.

Suivant cette idée, j'ai pû vous raconter au long, ſans ſortir de mon caractere, tout le grand entretien ſur le ſujet des Femmes; de même que tout l'extrait des *Sentences dorées*; ſur les Droits de l'Homme; & preſque toutes les autres choſes, qui paroiſſent s'éloigner du ſujet.

II. Les

II. Les uns m'ont conseillé de mettre mon Nom ; & les autres ont été d'avis que je ne le devois pas mettre. Ceux-ci se fondent sur un principe d'humilité ou de modestie, comme la chose s'explique d'elle-même. Et les autres prétendent que tout homme qui affirme un fait, est dans l'obligation de se faire connoître.

Je suis tout-à-fait dans ce dernier sentiment. Je croi que quiconque parle en témoin, doit, comme on dit, décliner son Nom. Son devoir est, à mon avis, de n'ometre rien de ce qui peut servir à persuader de sa candeur, & de la très-exacte vérité de tout ce qu'il dit. En mon particulier, j'avouë que je ne fais aucun cas d'un Voyage ſans nom d'Auteur: Ni même, de la Rélation d'un Voyageur de médiocre réputation, lors même qu'il donne ſon nom, s'il ne produit pas auſſi des témoins; principalement quand il vient de loin. Ne ſait-on pas comment les hommes ſont faits? La tentation eſt grande, à un Voyageur médiocrement fidele, qui ne ſe nomme pas, ou qui n'eſt pas ſoûtenu par des temoignages, de broder un peu ſes hiſtoires pour les rendre plus agréables. Et nous avons tant de preuves de cette vérité, que perſonne ne la peut révoquer en doute.

Je conclus donc une ſeconde fois, que tous ceux qui racontent au Public les choſes rares, & éloignées qu'ils ont vûës, ſont dans la néceſſité indiſpenſable de faire ſavoir clairement, & diſtinctement qui ils ſont; & même, d'inſinuer ſans affectation, toutes les particularitez qui ſont propres à leur aquérir une juſte créance. D'où il s'enſuit naturellement, que les Auteurs de Rélations, qui n'ont point de nom, ſont preſque toûjours, des fripons & des fourbes, qui impoſent au Public; & qui d'ordinaire, ont quelque lâcheté pour principal but.

Tel eſt, aſſurément, l'Auteur d'un miſérable Livre éclos depuis deux ans, ſous le Titre de *Remarques Hiſtoriques & Critiques, faites dans un Voyage d'Italie d'Italie en Hollande*, *l'an* 1704. *Contenant les Mœurs de la Carniole*, *&c.* L'Impudent Anonyme, que l'on connoît, & qui a forgé ce tissu de fables, selon sa pratique ordinaire, n'a eû d'autre vûë, après l'espoir de quelque vil & honteux profit, que celle d'insulter, contre toute justice, une personne qu'il devroit honorer, & qui l'épargne depuis trop long temps. Il est bon de faire quelquefois remarquer au Public, certains vilains tours qu'on lui joüe, & dont il n'y a que peu de personnes qui s'aperçoivent.

III. Voici ce qu'on a dit encore. Quand on m'a vû, tantôt malade à mourir, d'un cruel Scorbut: tantôt, persécuté par des

des armées de Rats : tantôt, exposé à la fureur des Tempêtes de Mer, & des Ouragans : tantôt, servant de joüet à un petit Tyran ; on m'a dit, „ Pourquoi vous engagiez-vous „ dans une pareille entreprise ? „ Ne saviez-vous pas qu'il n'y „ a rien de plus incertain, ni „ de plus difficile, que tous ces „ Etablissemens dans de nou- „ veaux Mondes, de quelques „ belles couleurs que ceux qui „ y ont un interêt particulier „ les dépeignent ? Et pouviez- „ vous ignorer les grands tra- „ vaux, & les grands dangers, „ qui accompagnent toûjours „ l'exécution de ces projets-là ?

Voici donc quelle fut ma raison. Après avoir été contraint de de quitter ma Patrie, avec tant de milliers de mes Freres ; d'abandonner mon petit Héritage, & de m'éloigner pour jamais, ſelon la plus grande apparence, des perſonnes qui m'étoient cheres, ſans trouver dans le nouveau Païs où je fus d'abord tranſporté, le ſecours ſuffiſant que demandoit ma preſſante néceſſité ; je me livrai tout entier, pour ainſi dire, à la Providence. Je me déterminai humblement, & patiemment, à me ſervir du moyen préſent qui m'étoit offert de maintenir, peut-être, ma vie. Las du tracas du Monde, & fatigué des peines que j'y avois ſouffertes, j'en quittai la vanité & le tumulte, ſans aucun regret ; & dans un âge déja avancé, je ſongeai à tâcher de vivre & de mourir en paix, hors de ſes ordinaires, & fréquens dangers. N'ayant plus rien à perdre, je ne riſquois rien, & je pouvois eſpérer beaucoup. Je pouvois eſperer pour toûjours, le délicieux repos que je n'ai trouvé que pour un temps, dans l'Iſle où j'ai très-doucement paſſé deux années; & où j'aurois, ſans doute, heureuſement achevé ma courſe, ſi le méchant homme qui nous y conduiſit, ne nous eût pas trahis, & n'eût pas fait échoüer le deſſein qui avoit été formé en *Hollande*.

Après tout, j'ai reſpiré là un air admirable, ſans la moindre altération de ma ſanté. J'y ai été nourri en Prince, dans l'aiſe & dans l'abondance, ſans pain, & ſans Valets. J'y ai été riche, ſans Diamans, & ſans or; comme ſans Ambition. J'y ai goûté un ſecret & indicible contentement, de ce que j'étois moins expoſé qu'à l'ordinaire, aux tentations de pécher. Recueilli très-profondément en moi-même, mes ſerieuſes réflexions m'ont fait voir là, comme au doit & à l'œil, le néant d'une infinité de choſes qui ſont en grand' vogue parmi les habitans de cette malheureuſe Terre; de cette Terre, où l'Art détruit preſque toûjours la Nature, ſous prétexte de l'embellir: où l'Artifice, pire que l'Art, l'Hypocriſie, la Fraude, la Superſtition, la Rapine exercent un un tyrannique Empire : Où tout, pour ainſi dire , n'eſt qu'Erreur, Vanité , Déſordre , Corruption , Malice , & Miſere.

Et j'ajoûterai par avance ici, que quelque inconvenient qu'il y eût, à demeurer plus long-temps, dans cette Iſle ; ç'a été la force ſeule qui m'en a fait ſortir. Ce n'a été que l'humeur bouillante, la précipitation indomptable, & la témeraire entrepriſe de ſept jeunes gens, inconſiderez EN CELA , qui m'ont arraché de ce tranquille ſéjour.

Mais non , c'eſt l'Ouvrage de la Providence, de cette Providence même qui m'y avoit conduit. C'eſt Elle, qui m'a fait traverſer ſûrement tant d'abymes ; & qui après m'avoir garenti, & délivré de mille périls, m'a heureuſement tranſporté de mes Iſles déſertes, dans la vaſte, puiſſante, & glorieuſe Iſle de la GRAND'BRETAGNE, où la charité de ſes genereux Habitans, m'a tendu la main, & a enfin fixé le repos que je pouvois attendre ici bas.

A Londres , le 1. d'Octobre 1707.

LE

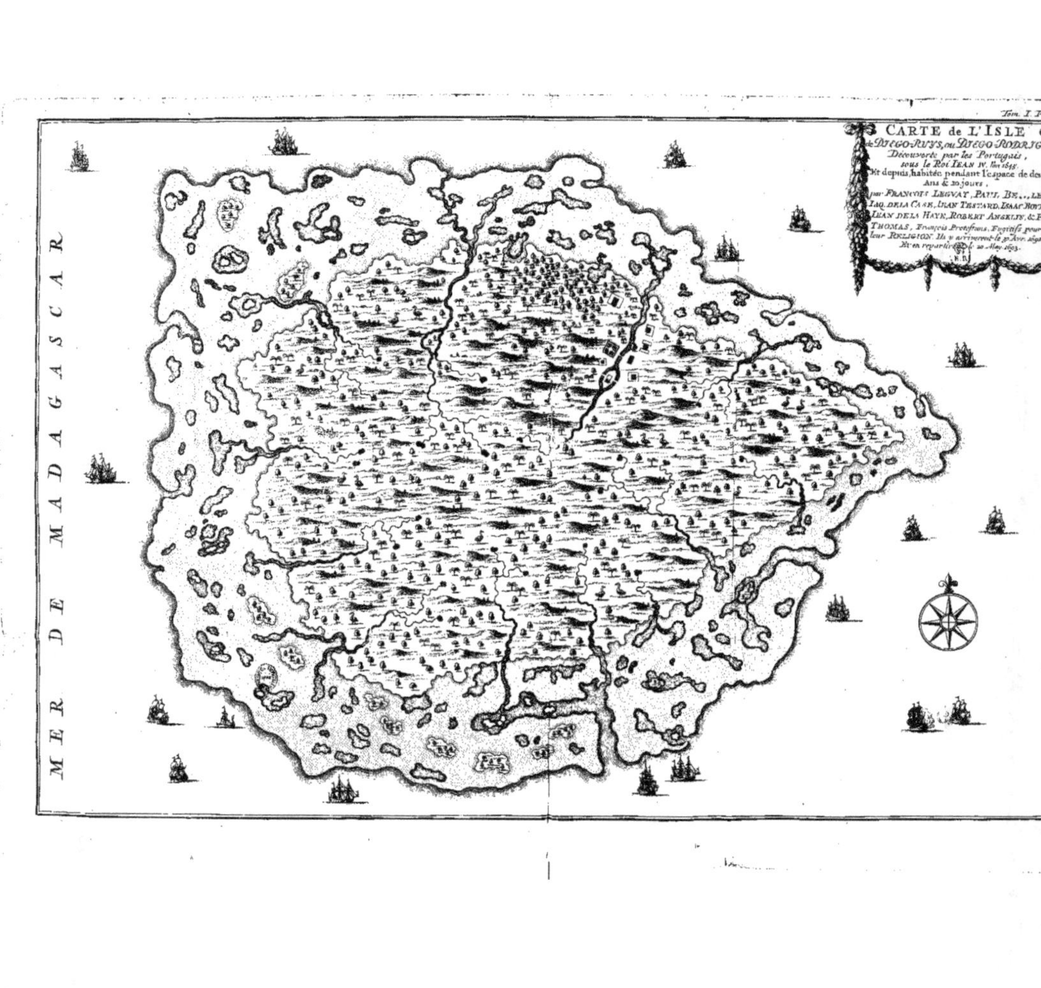
CARTE de L'ISLE
de DIEGO-RUYS, ou DIEGO-RODRIGO
Découverte par les Portugais,
sous le Roi IEAN IV. l'an 1645.
Et depuis, habitée pendant l'espace de deux
Ans & 20 jours,
par FRANCOIS LEGUAT, PAUL BE..., LE
IAQ. DE LA CASE, IEAN TESTARD, ISAAC BOYE
IEAN DE LA HAYE, ROBERT ANSELIN, & PI.
THOMAS, François Protestans, Fugitifs pour
leur RELIGION. Ils y arriverent le 30 Avr. 1691.
Et en repartirent le 20 May 1693.
MER DE MADAGASCAR

LE VOYAGE ET LES AVANTURES DE FRANCOIS LEGUAT GENTILHOMME BRESSAN.

PREMIERE PARTIE.

L'ETAT des affaires de la Religion en *France*, m'ayant obligé de chercher quelque moyen d'en sortir, je me servis de celui que la Providence me fournit pour passer en *Hollande*; & j'y arrivai le 6. d'Août, l'an 1689.

A peine avois-je commencé à goûter dans cet heureux séjour la précieuse liberté dont j'avois été privé pendant les quatre dernieres anneés de ma vie, depuis la revocation de l'Edit de *Nantes* en 1685. que j'apris que * M. le Marquis *du Quesne*, sous le bon plaisir & sous la protection de MESSIEURS les ETATS GENERAUX, & de Mess. les Directeurs de la Compagnie des Indes Orientales, faisoit des préparatifs pour un établissement dans l'Isle de *Mascarégne*. Pour cet effet, il armoit à *Amsterdam* deux gros vaisseaux sur lesquels on devoit recevoir *gratis* tous les François Protestans Réfugiez qui voudroient être de cette Colonie. La description qui parut alors de cette Isle, à laquelle on donnoit le non d'*Eden* à cause de son excellence, m'en donna une si bonne opinion, que je fus tenté de l'aller visiter, resolu d'y finir mes jours hors des embarras du Monde, si j'y trouvois seulement une bonne partie des choses que l'on en disoit.

La facilité qu'il y avoit à entrer dans cette Colonie, jointe à l'idée du repos & de la douceur dont j'esperois joüir dans une si belle Isle, levérent tous les obstacles qui d'ailleurs sembloient pouvoir m'arrêter. Je me présentai donc à Mess. les Interessez, ils me reçûrent avec bonté, & ils m'honoré-

rent

* *Henri*, *Abraham* son Frere devoit aussi être de la Compagnie.

rent de la charge, ou du nom de Major du plus grand des deux Vaisseaux, (nommé *la Droite.*)

L'embarquement de tout ce qui étoit nécessaire étant fait, & toutes choses étant prêtes pour mettre à la voile; comme on n'attendoit plus que le vent pour partir, on apprit que le Roi de *France*, qui avoit autrefois pris possession de cette Isle, envoyoit une Escadre de sept Vaisseaux de ce côté-là. L'incertitude où l'on fut du dessein de cette petite Flotte, & une juste crainte fondée sur quelques avis que l'on avoit reçus depuis peu de *France*, furent des motifs assez puissans pour obliger M. *du Quesne* à desarmer: il aprehendoit d'exposer au danger de pauvres gens déja assez miserables, dont même la plus grande partie n'étoit composée que de femmes, & d'autres personnes sans défense. Mais afin d'être pleinement informé des desseins de cette Escadre, s'il y en avoit, il resolut d'armer une petite Frégate, & de l'envoyer à la découverte. Quelques personnes choisies la monterent, & furent chargées des ordres qui concernoient le dessein du Voyage. Ces ordres portoient en substance :

1. Que l'on eût à visiter les Isles qui se trouveroient sur la route du Cap de *Bonne-Esperance*; & sur tout, celles de *Martin-Vas*, & de *Tristan*.

 2. Que

2. Que l'on paſſât enſuite au Cap de *Bonne-Eſperance*, pour y aprendre, s'il étoit poſſible, des nouvelles plus ſûres de l'Iſle d'*Eden*, & du deſſein de l'Eſcadre Françoiſe que l'on diſoit être en Mer.

3. Que l'on prit poſſeſſion de l'Iſle de *Maſcareigne* au nom dudit Marquis, qui étoit autoriſé par les Etats Généraux, en cas qu'il n'y eût point de François.

4. Que ſi l'on n'y pouvoit entrer ſans riſquer conſiderablement, on paſſât juſqu'à l'Iſle de *Diego-Ruys*, que nos *François* ont appellée *Rodrigue*.

5. Que ſi l'on jugeoit que cette Iſle fût ſuffiſamment pourvûe des choſes néceſſaires pour faire un quartier d'aſſemblée, & pour la ſubſiſtance de ceux qui voudroient y demeurer, l'on en prit poſſeſſion au nom dudit Marquis.

6. Que l'on renvoyât le Vaiſſeau, après qu'on en auroit déchargé les choſes qui étoient deſtinées pour l'établiſſement de ceux qu'on laiſſeroit dans ce nouveau Monde.

7. Et enfin, que l'on fit une Rélation exacte de l'Iſle dans laquelle on demeureroit, juſqu'à l'arrivée de la Colonie, qui ne tarderoit tout au plus que deux ans, & qui s'empareroit enſuite de l'Iſle d'*Eden*, ſous la protection, & avec des ſecours ſuffiſans de Meſſ. de la Compagnie.

Ce

De l'autre costé estoit ecrit,

LIBERTAS

SINE

LICENTIA.

Ce projet étant formé, on travailla à l'executer avec tant d'ardeur & de promptitude, que le bâtiment fut en état de mettre à la voile en fort peu de tems. On eut soin de le munir de toutes les choses que l'on jugea être nécessaires pour une semblable expédition; & à cause de la legereté & de la vitesse de ce petit vaisseau, on le nomma l'*Hirondelle*. Le Pavillon, aux Armes de M. *du Quesne*, avoit pour devise celle du sage Pape *Adrien VI. Libertas, sine Licentia.* Cette petite Frégate fut montée de six pieces de Canon & de dix hommes d'équipage, & commandée par *Antoine Valleau*, de l'Isle de *Ré*. Mais quand on fut prêt à partir, plusieurs de ceux qui s'étoient enrollez perdirent courage, ou changerent d'avis; de sorte que de vingt-cinq que nous étions, nous nous trouvâmes réduits au nombre de dix.

*Paul Be***le*, âgé de vingt ans; fils d'un Marchand de *Mets*.

Jaques de la Case, âgé de 30. ans; fils d'un Marchand de *Nérac*: il avoit été Officier dans les Troupes de *Brandebourg*.

Jean Testard Droguiste, âgé de 26. ans; fils d'un Marchand de *S. Quentin* en *Picardie*.

Isaac Boyer, Marchand, âgé de près de 27. ans; fils d'un Apoticaire d'auprès de *Nérac*.

Jean de la Haye, Orfevre; âgé de 23. ans, de *Roüen*.

Jaques Guiguer, âgé de 20. ans; fils d'un Marchand de Lion.

Jean Pagni, âgé de 30. ans, Proſélyte, & Praticien à *Rouen*.

Robert Anſelin, âgé de 18. ans; fils d'un Meunier, de *Picardie*.

Pierrot âgé de 12. ans; de *Roüen*;

* Et *François Leguat* Ecuyer, âgé de plus de 52. ans, de la Province de *Bourgogne*, que l'on mit à la tête des autres.

Quoi que ce nous fût un ſujet de douleur de nous voir privez, lors que nous nous y attendions le moins, de quinze Compagnons apparemment deſtinez à même fortune, qui nous auroient pû être en ſecours & en conſolation, nous nous abandonnâmes de bon cœur à la Providence, & nous partîmes d'*Amſterdam* le 10. Juillet 1690. Nous arrivâmes le 13. à la rade du *Texel*, & nous y demeurâmes, juſqu'au quatriéme de Septembre ſuivant. Nous remimes à la voile accompagnez de 24. Vaiſſeaux tant *Anglois* que *Hollandois*, & nous prîmes la route du Nord, à la faveur d'un vent Eſt-Sud-Eſt, qui enfloit nos voiles à ſouhait: mais la nuit ſuivante, il devint contraire, & il s'éleva une Tempête, qui ne nous fit pourtant d'autre mal que celui, de nous faire payer à la Mer le tribut accoûtumé. Le 14.

* *P. Thomas* oublié.

14. le vent ayant ſauté au Sud-Oueſt nôtre Amiral tira un coup de canon pour faire tenir route au Nord. Et le lendemain, nous aperçûmes les Iſles de *Schetland*, étant à la hauteur de 29. degrez 42. minutes. Le 18. nous approchâmes de ces Iſles, & nôtre Vaiſſeau mit le Cap au Nord-Nord-Weſt pour les parer; ce qu'il ne fit pas ſans peine. Nôtre intention étoit de paſſer par les *Orcades* Méridionales, ſans nous éloigner ſi fort vers le Nord, mais le vent ne le permit pas. Celui qui étoit au Gouvernail, & qui ne s'apercevoit pas qu'un courant rapide emportoit le Vaiſſeau, fut bien ſurpris quand il vit un rocher plat qui n'étoit couvert que d'un pied d'eau, & qui n'étoit éloigné que de ſept ou huit braſſes. Il fit un cri d'effroi qui nous ſaiſit tous, & chacun ſe mit à ſe dépouiller, pour tâcher de gagner l'Iſle à la nage. Mais l'eau ſuffiſamment profonde, à côté de ce même rocher, donna paſſage à la pauvre petite Frégate, & nous eûmes le bonheur d'éviter cet Ecueil.

Ceux qui ont été juſqu'à ce bout du Monde, dit un Ancien Auteur, juſqu'à cette fameuſe *Thule* *, ont le droit de mentir impunément, & d'en faire accroire, ſans crainte d'être repris. Et certainement, le nombre de ceux qui ſe ſont mis en poſſeſ-

 ſion

* Schetland.

ſion de ce privilege eſt fort grand : conformément auſſi à nôtre vieux Proverbe, *A beau mentir qui vient de loin.* Pour nous, nous dirons ſcrupuleuſement la Vérité pure, tout comme ſi nous n'avions point été à *Thule.*

Cette Iſle nous fit peur encore, en nous montrant un ſecond rocher, qui s'oppoſoit à nôtre route. Et comme nous étions occupez à nous garantir de ce nouveau danger, un de nos Matelots apperçût un Capre François qui forçoit de voiles, pour nous atraper. On fit la priere, & nous nous préparames à la défenſe; mais nous fûmes aſſez heureux pour échaper auſſi à cet ennemi. Dès que nous eûmes paré le Cap qui nous mangeoit le vent, il ne gagna plus rien ſur nous, & la nuit ſurvenant après ſix heures de fuite, nous déroba à ſa vûe, & favoriſa la fauſſe route que nous fîmes pour nous ſauver. Nous fûmes fortement perſuadez par cette double délivrance dans un même jour, d'une ſinguliere protection de Dieu; & nous lui en rendîmes nos actions de graces.

Le 22. nous prîmes à la main une eſpece de Corlieu qui ſe vint jetter ſur nos voiles. Quantité d'Alloüettes de Mer nous accompagnoient en volant autour de nous.

Le 28. nous paſſâmes en revuë une armée

for-
A
ous,
ure,
é à
ous,
soit,
oc-
an-
pre,
ous
ous,
nes,
ne-,
qui
lus
fix-
&
our-
er-
un
de,
ons
ce
es,
n-
r-
sé

MARSOUIN.

mée innombrable de Marsouïns, qui nous donna du plaisir. Il nous sembloit effectivement qu'ils marchoient en ordre de bataille, & qu'ils sautoient tour-à-tour, en gardant leurs rangs. Ils venoient vers nous, & ils s'en approcherent si bien, qu'on en harponna un : on n'en voulut pas davantage. On les darde avec un trident qui est attaché au bout d'une corde. Quand ils sont percez, ils s'afoiblissent par la perte de leur sang, & alors on les enleve facilement. Ces animaux ont le sang chaud ; & ils portent leurs petits dans le ventre, de même que les Baleines, les Lamentins, & quelques autres poissons. Le dedans de leur corps est fort semblable à celui du Pourceau ; mais la chair en est huileuse, & de mauvais goût.

Le 6. d'Octobre nous apperçumes une Escadre de treize gros vaisseaux de guerre Hollandois, dont l'un se détacha pour nous donner la chasse, ne nous connoissant point. Quand il nous eut atteint, il arbora son pavillon & nous le nôtre, & chacun continua sa route.

Le 22. au clair de la Lune, nous apperçumes les Isles *Canaries* ; Et là, nous rencontrâmes les vents Alisez, qui ne nous quitterent, ou que nous ne quittâmes, que vers le 9. Degré. Nous nous croyions, par estime, à plus de 50 lieuës au vent de *Pal-*

ma , & nous nous trouvâmes entre *Forte-ventura* & la grande *Canarie*. Nous côtoyâmes la premiere à *bas bord* tout le long du jour ; & ſur le ſoir , à Soleil couchant nous découvrîmes la grande *Canarie*. Nous la paſſâmes pendant la nuit ſans voir aucun vaiſſeau , quoi que d'ordinaire on y en rencontre , & ſur tout , des *Turcs*. Ils ſe mettent là, en embuſcade, pour attraper les Navires qui vont charger des vins.

Le 28. à la hauteur du 24. Degré 29. minutes , nous vîmes tout autour de nous un grand nombre de Poiſſons volans. J'en conſiderai un avec beaucoup d'exactitude, qui avoit environ dix pouces de long : il y en a peu de plus grands , & beaucoup d'un peu plus petits. Le dos eſt d'un brun rouſſâtre, marqueté de taches bleues, tirant ſur le verd , avec un peu de noir. Le ventre nué de blanc & de bleu ; & les côtez couverts de petites écailles d'un roux obſcur. Les grandes aîles ou nageoires ſont brunes, parſemées de taches de verd de Mer : Les petites ſont d'un gris clair, & la queue auſſi. L'œil eſt grand & élevé ; la prunelle large & bleue , & le reſte blanc. Ce qui eſt pointillé à la tête , eſt griſâtre, & comme une eſpece de chagrin fort rude.

Nos Livres nous repréſentoient ce poiſſon d'une autre maniere , & je ne doute point

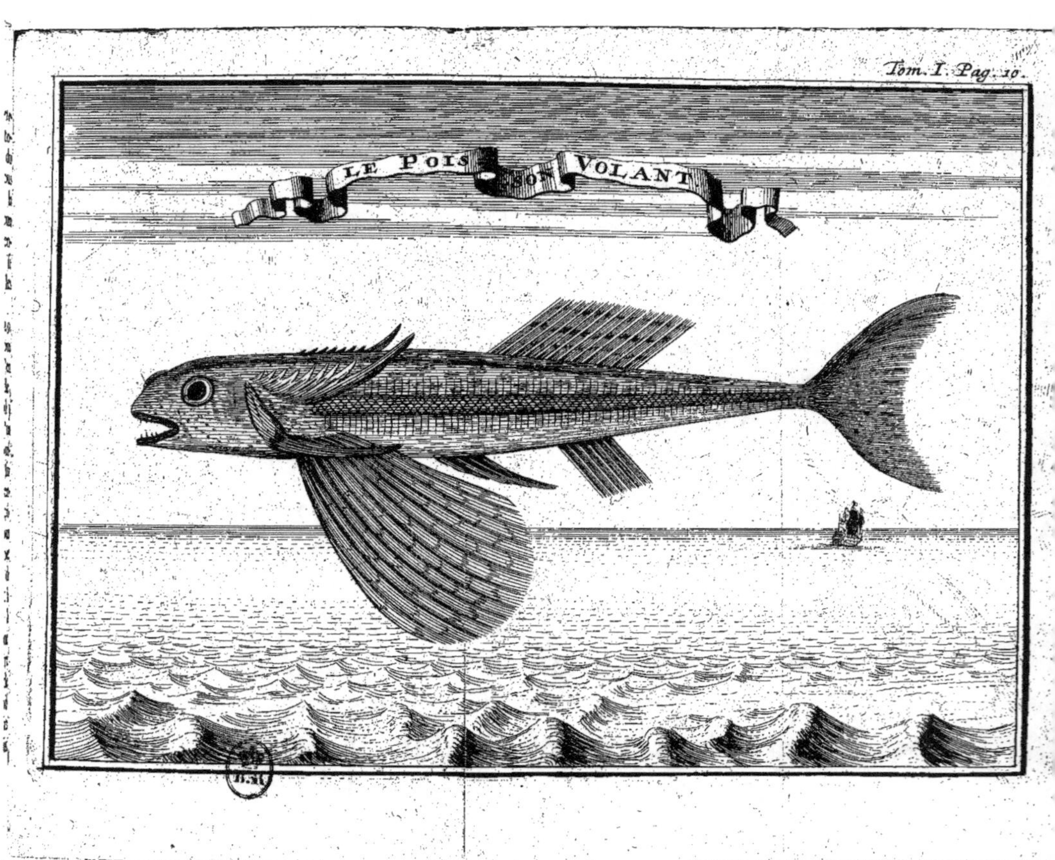
LE POISSON VOLANT

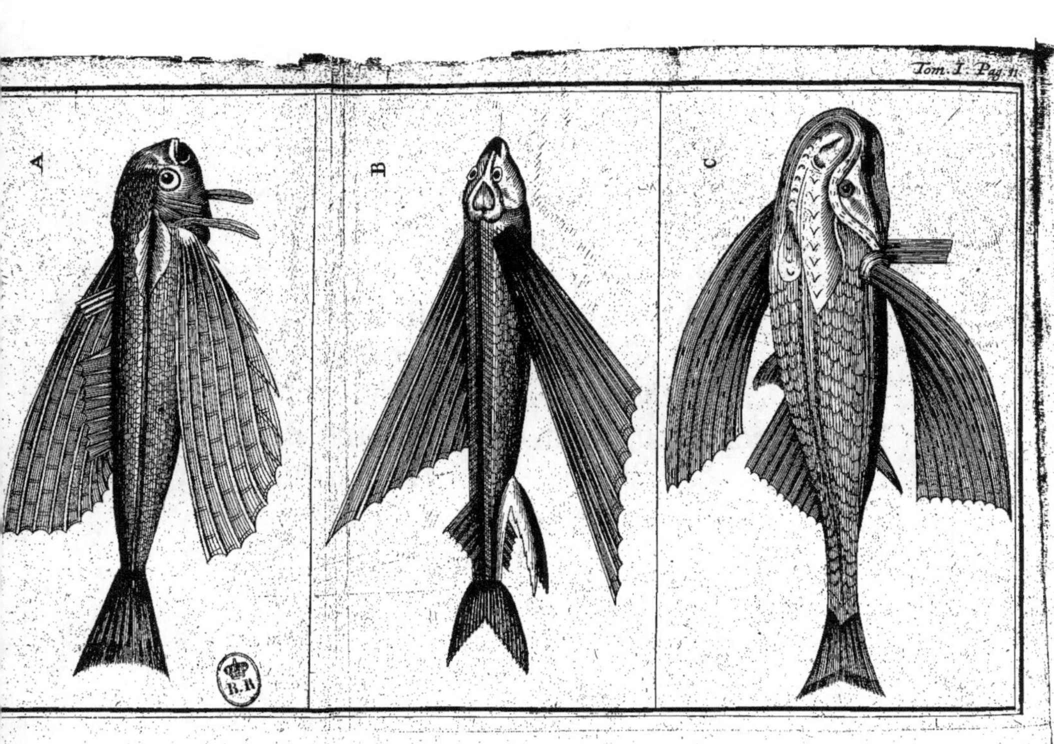
Tom. I. Pag. 11.
A
B
C

point aussi qu'il n'y en ait de diverses figures ; Car tout varie dans la Nature. Les chevaux d'*Irlande* ne sont point faits comme les chevaux de *Frise* : ni les Vaches de *Kent*, comme celles de *Middlesex*, quoi que ces Provinces soient contigues : moins encore comme celles d'*Islande*, qui n'ont point de cornes. Et sans sortir de nôtre Espece ; autre est un *Negre*, autre un *Allemand*, & autre un *Chinois*.

Mais revenons à nos Poissons. Un Naturaliste a nommé celui qui est marqué A, *Hirondelle de Mer*, & il lui attribue quantité de proprietez que je laisse. Celui que j'ai marqué B est appellé *Mulet* dans le Journal de *Sanson Mathurin*, fameux Pilote de la Mediterranée, qui en a vû dans le Golfe de *Lion*, & ailleurs. Le 3. marqué C. a été tiré du Cabinet du Roi de *Danemark*, où j'ai quelque opinion qu'il n'a pas été fort exactement dessiné ; car quand ces animaux-là viennent à se sécher, il est difficile d'en observer la veritable forme. Il s'en trouve qui ont 4. ailes. Ceux que nous avons mangez ont assez le goût du hareng.

Ces pauvres petites bêtes, qu'on pourroit prendre pour le Symbole d'une perpetuelle frayeur, sont aussi continuellement en fuite ; & en s'élevant, pour se sauver, ils viennent assez souvent donner dans les voiles. Ils volent aussi long temps qu'il reste de l'humidité dans leurs ailes, qui dès qu'elles sont séches, redeviennent aussi-tôt nageoires; force leur étant de retomber dans l'eau. Autrement, ils ont si grand' peur, qu'ils s'en iroient au bout du monde.

Ces efforts qu'ils font de devenir plûtôt habitans de l'air que de l'eau, sont pour éviter la persecution des Dorades & des Bonites qui leur font une guerre éternelle. Mais les pauvres malheureux n'évitent un peril que pour se jetter incontinent dans un autre: de cruels Oiseaux, leurs ennemis irréconciliables, étant toujours au guet, & en grosses bandes pour les engloutir dès qu'ils entrent dans le nouvel élement où ils croyoient trouver un azyle. Les Marsouïns font la même guerre aux Dorades; & tout cela nous est une image de la vie humaine, où l'on est en de perpetuels dangers, & où le foible est ordinairement la victime du fort.

Comme nôtre vaisseau n'avoit pas assez de lest, nous résolumes d'en aller faire à l'Isle de *Sel* qui est une des Isles du *Cap-Verd*, & nous la découvrimes le 29. d'Octobre. Le lendemain nous arrivâmes à la rade; & nous jettâmes deux ancres à 8. brasses, dans une anse qui est au Sud de l'Isle. Un grand nombre d'oiseaux de Mer vinrent visiter nôtre vaiſſeau, & ſe percher ſur nos vergues, où ils ſe laiſſoient prendre à la main. On en mangea quelques-uns, mais on ne les trouva pas fort bons : il y avoit des Fous, des Fregates, des Paille-en-queüe, & quelques autres : j'aurai peut-être lieu de parler de ces animaux-là dans la ſuite. Nous avions eu depuis les *Canaries* une Hirondelle qu'on lâchoit tous les matins, & qui revenoit tous les ſoirs : elle fut tuée là par accident.

Le 31 de bon matin nous allâmes à terre avec nos armes & nos chiens, pour chaſſer. Nous trouvâmes d'abord une prodigieuſe quantité de Boucs, & de chevres ſauvages, que nous découvrîmes facilement de loin, parce que cette Iſle extrémement ſeche, ſans arbre ni brouſſailles, ne produit qu'une herbe fort courte; du moins dans la grande partie que nous en avons vûe. Nous tuâmes quelques uns de ces chevreaux, & nous les laiſſâmes ſur une hauteur, pour les reprendre au retour de nôtre chaſſe. Nous courûmes deux ou trois heures pour chercher de l'eau, mais il nous fut impoſſible d'en trouver qui ne fut *Somache*, pour parler le langage de nos Matelots, c'eſt-à-dire un peu ſalée; tellement que nous ſouffrîmes une grande ſoif. Le Soleil eſt là très-ardent, & comme nous ne trouvâmes aucun ombrage, la chaleur nous fut fort incommode. Nous creusâmes en plusieurs endroits pour trouver de l'eau, & toûjours inutilement. Nous retournâmes donc à nos Chevreaux, & ensuite vers le bord de la Mer où nous arrivâmes fort fatiguez à Soleil couché. En revenant, nous vîmes un cheval parfaitement beau, & fier. C'étoit un Alezan-brûlé, dont les crins & la queue traînoient à terre: jamais cheval n'eût le corps mieux fait, ni l'encolure plus magnifique. Il partit brusquement, & nous fit voir qu'il avoit bonne jambe. Je ne savois quel nom donner à un autre Animal que nous vîmes aussi, & qui étoit un peu loin. Je croi que c'étoit une espece de Chat; mais l'un d'entre nous voulut que ce fût un Renard. Et je suis trompé s'il rencontra plus heureusement que les Traducteurs de nos Pseaumes, quand ils ont fait dire à *David*, que ses Ennemis seroient la proye des Renards.

Nous trouvâmes une partie de nôtre Equipage à terre. Ils étoient descendus pour attraper quelques Tortues. Nous nous mîmes de nouveau à creuser en divers endroits avec eux, pour trouver de l'eau douce, mais ce fut en vain. La nuit vint, & nous nous endormîmes sur le Sable, à la belle étoile, non moins affoiblis de faim & de soif, que fatiguez par la chasse. Comme nous

nous étions tous dans un aſſez tranquille ſommeil, nous fûmes réveillez en ſurſaut, par la brayante muſique d'un ruſtique régiment d'Anes, dont nous ne pûmes nous débaraſſer qu'en brayant comme eux, & en leur tirant quelques coups de fuſil. Mais ils ne nous eurent pas ſi-tôt tourné le dos, qu'une autre troupe de pareilles Bêtes nous vint régaler de la même chanſon. Ils étoient accompagnez de plus de cinq cens Boucs, qui nous environnerent, & nous ne pûmes nous rendormir. Enfin, ces Animaux ſe retirerent, & nous jugeâmes que ſi nous les ſuivions, ils nous conduiroient peut-être à quelque ſource cachée. En effet, il s'en fit un détachement qui deſcendit dans une petite profondeur, où il y avoit de l'eau, dont ils burent. Nous nous en réjouïmes, comme ſi nous euſſions trouvé un thréſor. Mais cette eau étoit encore ſalée. Ces Animaux ayant été contraints d'en boire dès leur naiſſance, cela leur eſt tourné en coûtume.

Le jour vint, & la faim nous preſſant, il nous prit envie de faire rôtir quelque Gigot de Bouc; je ne dis pas de chevreau, terme trop honorable dont je me repens de m'être ſervi. Faute de bois, nous ramaſſâmes de la fiente ſéche d'ânes & de chevaux; nous en fimes une pyramide comme

de

de Tourbes Hollandoiſes ; & nos morceaux de Bouc pendus à des cordes, firent là tant de tours, ſans bouger d'une place, qu'il ne tint qu'à nous d'en manger. Ah ! la méchante chair ! le vilain goût ! quelle odeur ! l'envie de vomir me prend quand j'y penſe : Mais il n'eſt ſauce que d'appetit, chacun ſe ſervit donc de ſes dents, arracha, rongea, mâcha comme il put ; & point d'eau. Ne me dites pas ici, cher Lecteur, que nous avions grand tort de nous amuſer dans cette vilaine Iſle, au lieu de nous en aller manger, boire, & dormir dans nôtre Vaiſſeau. Ceux qui nous avoient mis à terre, & qui avoient aporté auſſi une partie de nôtre Equipage, s'en étoient retournez avec la chaloupe : & malgré nous, il falloit les attendre. Pour eux, ils ne s'imaginoient pas que nous fuſſions ſi mal à nôtre aiſe. Ils nous voyoient de loin, faire grand' chere & beau feu, & ils ne doutoient point du tout que nous ne nous trouvaſſions fort bien-là Enfin, ils vinrent ſur le midi, & nous remenerent à nôtre *Hirondelle*. C'étoit le 1. de Novembre.

L'Iſle de *Sel* n'a pas 8. lieües de tour ; on l'appelle ainſi parce que les Vaiſſeaux y abordent pour y faire des proviſions d'un excellent Sel engendré ſans art, par la Mer & par le Soleil, & qu'on trouve en grande abon-

abondance dans les creux des Rochers, du côté du midi. On y vient aussi *tourner* la Tortue; c'est le terme, parce qu'on met la Tortue sur le dos, pour s'en rendre maître. Tout le rivage est couvert de ces Animaux, particulierement dans le temps de leur ponte. Nous *tournames* donc quelques-unes de ces lourdes & stupides bête; & deux entre autres, qui selon l'estime des Connoisseurs, pesoient autour de cinq cens Livres chacune. Nous en portâmes l'essentiel à bord.

Que dirai-je encore de l'Isle de *Sel?* Nous y rencontrâmes quelques bouzes de vaches, mais nous ne vîmes point la bête. Et pour tout oiseau, nous ne trouvâmes que des moineaux. Ils ressemblent aux nôtres, à la grosseur près, car ils sont de moitié plus petits.

Il ne faut pas oublier le beau coquillage, qui est répandu par tout. Il y en a une varieté charmante; & je n'en ai point vû ailleurs qui approchât de la beauté de celui-là. C'est assurément l'Ouvrage d'un Excellent Ouvrier. La brillante vivacité de l'émail, le mêlange & la diversité des couleurs, la forme, la délicatesse, la symmetrie, tout charme, & fait admirer ce Grand Ouvrier. Je m'en allois aux *Indes*, aux *Antipodes*, je ne sais où dans des Isles desertes, d'où je m'imaginois ne revenir jamais: & l'esprit plein de ces pensées, je ne m'amusai pas à

ra-

ramasser des Coquilles. Mais si, à mon retour, j'avois passé par là, j'en aurois fait bonne provision.

Je dirai encore, puis qu'il m'en souvient, que j'eus du chagrin, en me promenant dans cette Isle, de n'y rencontrer pas un seul de ces grands & beaux Oiseaux, qu'on appelle *Flamans*, c'est-à-dire, *Flambans*, ou *Flamboyans*, & qui, au raport de divers Voyageurs, sont des plus considérables du lieu. Je n'avois pas une pure & simple envie de voir ces Oiseaux; le plus grand plaisir que je me proposois, c'étoit de confronter avec l'original, les differens portraits qu'on en fait. Car tous ceux qui les ont décrits, excepté Mr. *Willougby*, du moins tous les Auteurs (en assez grand nombre) qui se sont rencontrez sous ma main, donnent à ces Oiseaux un bec qui finit en cuiller, ou en espatule; & M. *Willougby* leur dessine un bec fort pointu.

Ce curieux Naturaliste ajoûte qu'il croit que ce même Oiseau porte le nom de *Flamand*, plutôt parce qu'il a quelques plumes de couleur-de-feu qui éclate, que parce que ces Animaux soient originaires de *Flandres*. Et certainement, ce savant Auteur a raison; car il est très-constant que ces sortes du Flamans-là, ne sont pas moins étrangers en *Flandres* qu'en *Angleterre*.

Le

Le 6. nous levames l'ancre, le vent nous étant devenu favorable ; & nous fimes voiles vers les Isles de *Martin-Vas*, selon les ordres que nous avions reçus.

Le 7. nous courûmes au plus près du vent, après avoir vû & paré l'Isle *Bone-viste*, qui ne nous parut pas valoir mieux que l'Isle de *Sel* ; elle est plus longue & plus montagneuse. Nous n'y apperçûmes aucun arbre non plus que dans l'autre.

Le 11. nous essuyames la premiere fois une de ces courtes quoi qu'assez fâcheuses tempêtes, que les gens de mer appellent des *Grains*, & nous en soufrimes de tems en tems jusqu'au delà de la Ligne. Ces *Grains* sont une espéce de tourbillons violens, mêlez de pluye, qui se forment tout d'un coup, mais qui ne durent pas ordinairement un quart d'heure. On se prépare à les recevoir parce qu'on les voit venir de loin ; on *cargue* incontinent les *huniers*, qui autrement seroient emportez, & les mâts de *hune* rompus.

Lors que le vent est trop fort, on abaisse toutes les voiles, ou on n'en porte que le moins qu'on peut. Pendant ce temps-là, la mer est extrémement agitée & paroit toute en feu. Il arrive souvent que ces *Grains* reviennent plusieurs fois en un même jour, tellement que l'Equipage est toûjours aux écou-

écoutes : Le calme ſuccede ordinairement à cet orage en très-peu du temps. Nous évitâmes auſſi pluſieurs Dragons d'eau : & le 12. le vent ceſſa à la hauteur de 7. degrez 15. minutes.

Sur le ſoir nous attrapames un oiſeau à-peu-près fait comme une bécaſſe qui avoit volé autour de nôtre vaiſſeau pendant tout le jour : les matelots le tuerent moins pour avoir le plaiſir de le manger, quoi qu'il en valût la peine, que pour ſe vanger de ce qu'il avoit fait déſerter quatre hirondelles qui nous avoient ſuivis depuis quelques jours, & qui nous avoient donné ſoir & matin une muſique d'autant plus agréable qu'elle nous faiſoit ſouvenir de cette chere terre qu'on aime tant, quand on vogue au milieu du vaſte Ocean.

Le 13. de Novemb. une heure avant le jour il vint un *Grain* furieux, qui jetta bas nôtre grand mât de hune, ayant briſé le lien de fer qui l'attachoit : je ne remarque cela, que parce que tout l'Equipage en fut étonné.

Le 14. nous rencontrâmes un prodigieux nombre de ces Dorades, & de ces Bonites dont j'ai parlé. Comme ces Poiſſons ſont aſſez connus, je ne les ai pas décrit ; mais puiſque l'occaſion ſe préſente de les nommer encore, j'ai envie de dire comment ſont faits ceux

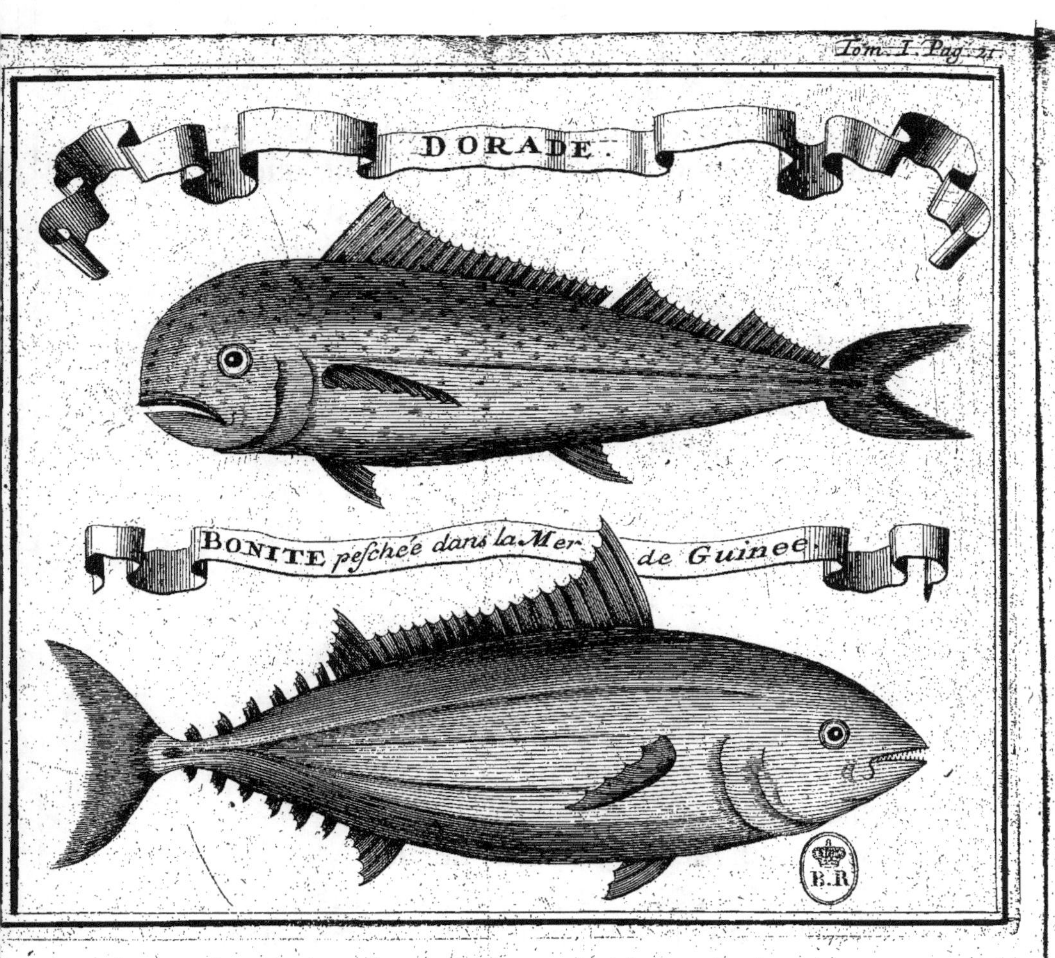
Tom. I. Pag. 21.
DORADE.
BONITE peschée dans la Mer de Guinee.
B.R

ceux que j'ai vûs. Les Dorades de l'*Amérique* dont parle M. de *Rochefort*, *ont*, dit-il, *le devant de la tête fait en pointe*: je ne connois point ces Dorades-là. Celles que j'ai diverſes fois conſiderées, ont, tout au contraire, le muſeau camus & arrondi; ce qui leur donne une certaine phyſionomie que je n'aime pas beaucoup. Je ne croi pas auſſi que perſonne faſſe conſiſter la beauté de ce poiſſon dans ſa forme. Mais pour les couleurs, elles ſont admirables. Il y a de deux ſortes de Dorades. Celle dont on peut voir ici la figure a tout le dos émaillé de taches d'un verd bleuâtre, qui brillent comme autant d'aigues-marines ſur un fond obſcur. Le ventre eſt d'un clair argentin. La queue & les Nageoires ſont dorées de fin or. Rien n'eſt plus vif ni plus éclatant, quand l'animal eſt dans ſon élement, ou quand il n'a pas encore ſoufert de mortification: ce qui arrive en très-peu de temps. Ce Poiſſon eſt long de quatre à cinq pieds, & n'a pas plus d'épaiſſeur que le Saumon. *Rondelet* l'apelle Breſme de mer. J'aprens de nos Matelots que l'autre eſpece de Dorade ne differe de celle-ci, qu'en ce que les deux extrémitez des machoires s'avancent un peu plus; & en ce que les taches ſont d'un bel azur ſur un fond d'or. La chair de ces poiſſons eſt ferme & d'un fort bon goût.

La

La Bonite est ordinairement longue de trois à quatre pieds, est fort épaisse & charnue, & a le dos couvert d'une petite écaille si serrée qu'à peine l'aperçoit-on : cela est d'une couleur d'ardoise qui en quelques endroits tient un peu du verd. Le ventre est gris de perle & se rembrunit en approchant du dos. Quatre rayes jaunâtres qui naissent du côté de la tête, régnent le long du corps en distance à-peu-près parallele, & se réunissent à la queue, qui a assez l'air d'une queue de Maquereau. L'œil grand & vif, est comme une perle de jayet environné d'un cercle d'argent. On peut voir ici la forme du corps, & la disposition des Nageoires. Proche de la queue, sur le dos, il y a six petites especes de Nageoires quarrées qui n'ont pas un pouce d'élevation ; & vis-à-vis, sous le ventre, il y en a sept.

Comme j'écrivois ceci, un de mes Amis qui ne se lasse jamais d'admirer les divines merveilles de la Nature, & qui les considere, avec une grande exactitude, me dit qu'il avoit compassé & dessiné une Bonite qui fut pêchée en 1702. proche de la *Rye*, dans la Province de *Kent*, & qui differe en diverses choses de celle dont je viens de parler. On ne sera pas fâché que je donne ici le billet que cet ami m'écrivit sur cela, en m'envoyant la figure de cette Bonite.

„ Le

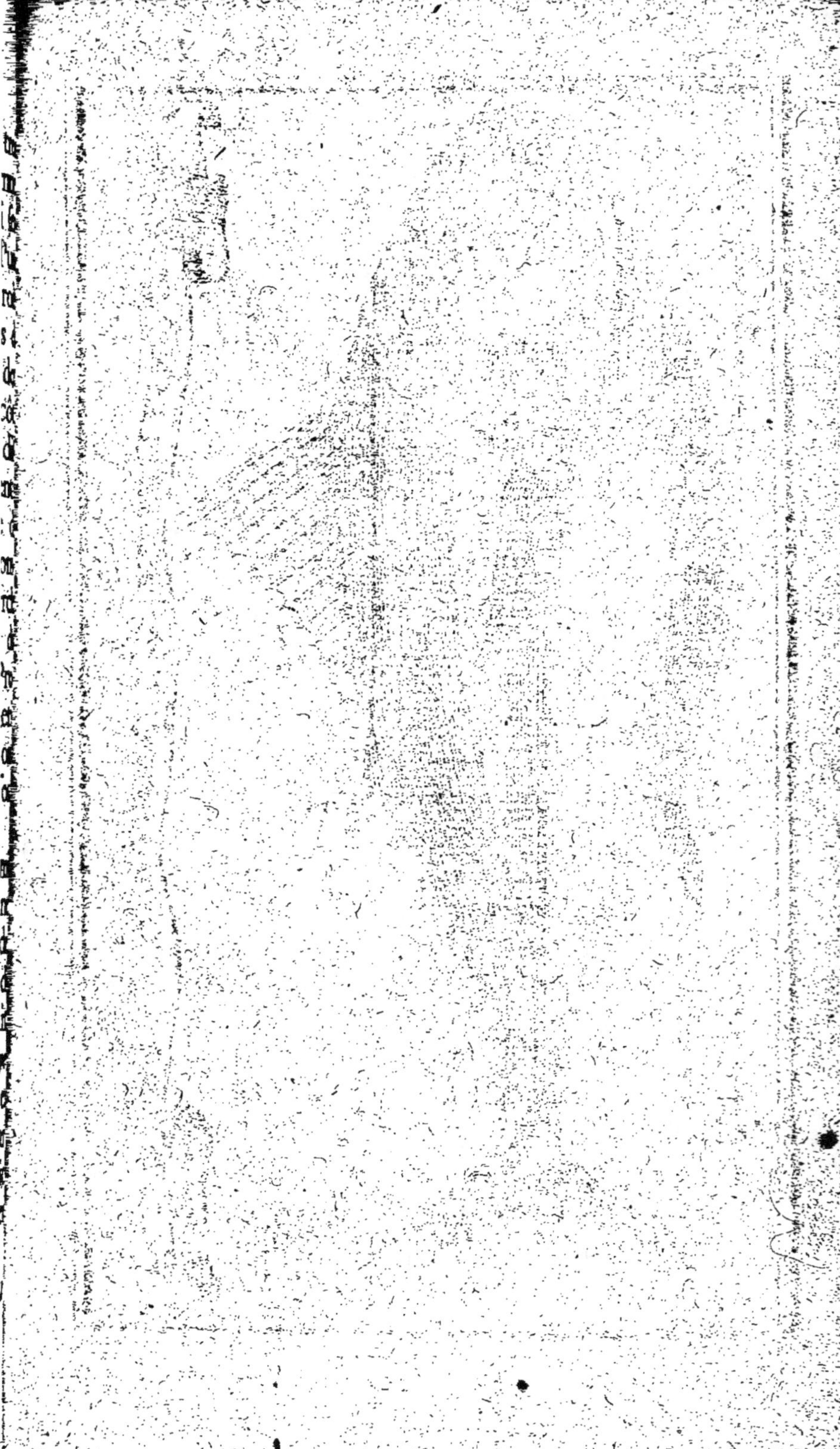

Tom. I. Pag. 23.

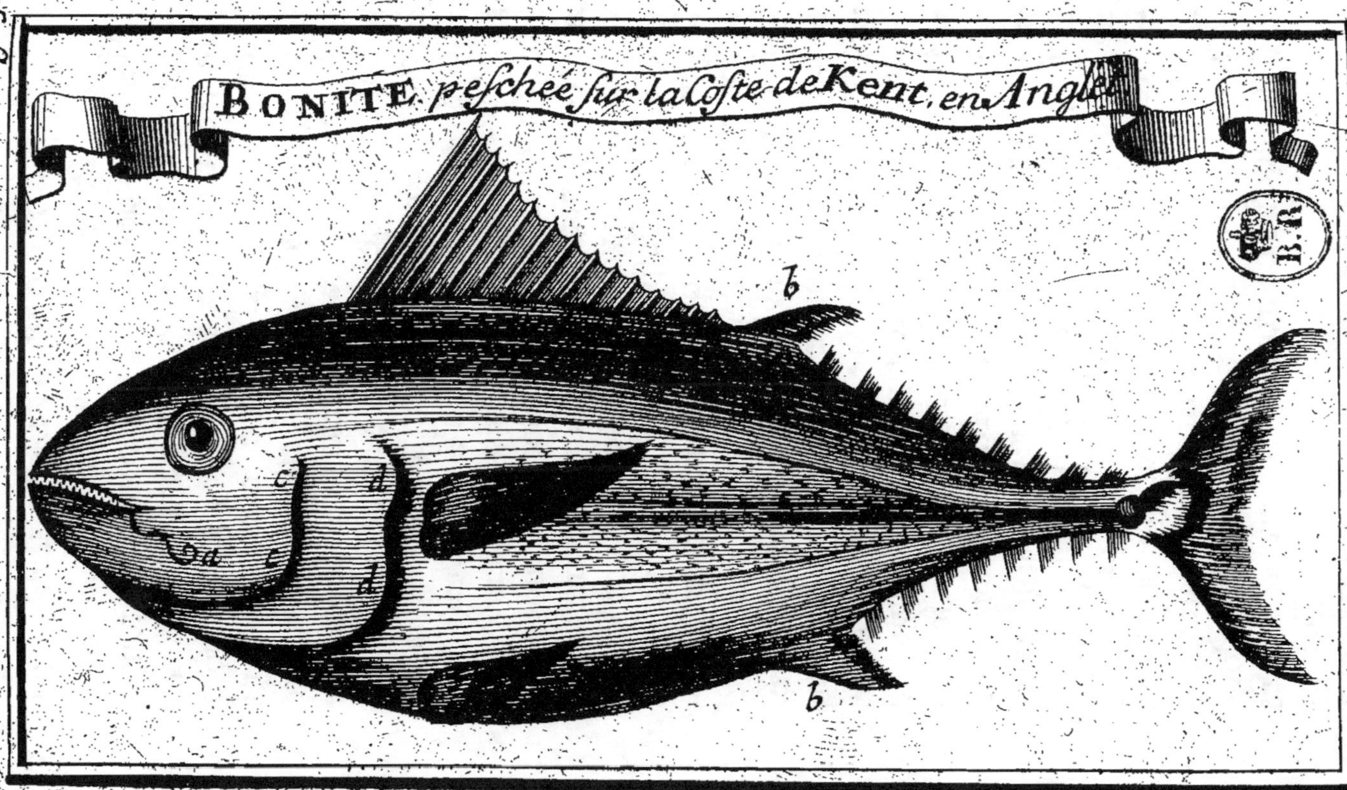

„ Le Poiſſon qu'on apelle *Bonite* dans „ les Mers des *Indes*, eſt connu ſur toutes „ les côtes de *France*, & particulierement „ entre la *Loire* & la *Garonne*, ſous le nom „ de *Germon*. Il n'entre que rarement „ dans la *Manche*; ce qui eſt, pour le dire „ en paſſant, tout le contraire de ce que „ fait le Maquereau, dont les côtes de *Nor-* „ *mandie* fourmillent, ſur tout en *Beſſin* & „ en *Coſtentin*; au lieu qu'à la *Rochelle*, on „ n'en voit jamais, ou très-rarement. Le „ Germon donc, ou la Bonite de nos Mers „ eſt certainement un poiſſon du genre de ces „ Bonites que vous avez vûes dans vos Voya- „ ges, mais l'eſpece varie un peu: choſe „ que l'on remarque en toutes ſortes d'ani- „ maux, auſſi-tôt qu'on change de pays, „ comme vous l'avez vous-même obſervé. „ La derniere Bonite que j'ai vûe, & qu'on „ prit proche de la *Rye*, au commencement „ de Juin, 1702. étoit juſtement longue de „ trois pieds, & avoit le corps proportionné- „ ment plus gros que celle dont vous m'avez „ fait voir la figure; puis que trois largeurs du „ corps plein, en faiſoient l'entiere longueur. „ Je vous en envoye un deſſein exact. Au „ premier aſpect, on jugeroit que la gueule „ de ce poiſſon ne s'ouvriroit pas beaucoup; „ mais il y a un reſſort ſecret, & elle s'ou- „ vre juſqu'à l'endroit qui eſt marqué *a*. Les

„ Dents,

„ Dents, dessus & dessous, sont si menues, „ si courtes, & si foibles, qu'il semble que „ cela ne soit fait que pour égratigner. La „ Langue est large , noirâtre & dure jusqu'à la racine , mais mollette & un peu „ rouge à l'extrémité. L'œil a un grand „ pouce de diametre : la prunelle est com„ me un Crystal fort blanc & fort transpa„ rent , & le cercle qui l'environne est „ plus brillant que de l'or poli.

„ La Couleur de ce poisson est la même „ que de celui que vous avez décrit, quoi „ qu'il n'ait point d'écailles au dos. Il n'a „ qu'une peau lisse, au dos & au ventre; „ & sur le côté, entre la queue & la na„ geoire qui est proche des Ouïes, il y a „ une bande écaillée de deux pouces de lar„ ge, d'écailles si petites & si fines qu'elles „ sont imperceptibles. Les deux Nageoi„ res, si je les puis appeller ainsi, qui sont „ marquées *b*, sont ossues & immobiles. A „ l'endroit le plus étroit de la queue, il y a „ de chaque côté un nœud d'où sort une pe„ tite touffe chevelue qui n'a qu'un pouce „ & demi de long.

„ Au lieu que vôtre poisson n'a que six de „ ces petites nageoires que vous avez repré„ sentées, sur le dos, vers la queue, & sept „ en bas; celui-ci en a neuf en haut, & huit „ en bas. *c. c.* marquent les ouïes, qui s'en-

„ tr'ou-

„ tr'ouvrent aisément. Et *d.d.* est comme „ une grande écaille, que l'on ne peut sou- „ lever que fort peu tout autour.

Les vents Alizez nous ayant quittez dès le 9.degré, nous n'eumes jusqu'à la Ligne que *Grains* & que calmes : c'étoit toûjours à recommencer. La chaleur n'étoit pas excessive, & ne nous obligeoit pas à quitter nos robes de chambre pendant la nuit.

Nous passames la Ligne le 23. Novembre & il nous falut essuyer l'impertinente cérémonie qu'on appelle du *Baptême*; du moins ceux qui ne s'étoient pas rencontrez à pareille fête, ou qui ne voulurent pas se racheter pour de l'argent.

C'est une coûtume ancienne qu'on auroit bien de la peine à abolir. Cela se fait quelquefois aussi lors qu'on passe sous les Tropiques. Voici en peu de mots comme cette belle cérémonie se fit sur nôtre Vaisseau. Un des matelots qui avoient déja passé la Ligne s'habilla de haillons, se fit une ceinture de corde, des cheveux & une barbe d'étoupes, & se noircit le visage de suye détrempée avec de l'huile. Dans cet équipage, tenant une Carte marine en une main, un Sabre dans l'autre, & du noir à noircir, il se présenta sur le pont, accompagné de ses Suffragans habillez aussi grotesquement que lui : armez de grils, de poëles, de chau-

 drons,

drons, de petites cloches, & faisant avec ces instrumens la musique qu'on peut s'imaginer.

Ils appellérent un à un ceux qui devoient être initiez, & après les avoir fait asseoir sur le bord d'un cuveau plein d'eau, ils leur firent mettre la main sur la Carte, & promettre qu'en pareille occasion ils feroient faire aux autres, la même chose qu'on exigeoit présentement d'eux. Ensuite, ils leur firent une marque au front avec le noir, leur mouillerent le visage avec l'eau de mer, & leur demandérent s'ils vouloient donner à l'Equipage quelque chose pour boire, leur promettant que moyennant cette liberalité ils les tiendroient quittes. Ceux qui donnérent furent incontinent relâchez, & quelques-uns mêmes éviterent ce désagreable prélude, en donnant un peu plus grassement. Il ne m'en coûta qu'un écu pour avoir le privilége de ces derniers. Pour les autres, on leur fit faire la cullebute dans le cuveau; où on les lava & les décrassa de tous les côtez avec les balais du Vaisseau; & je pense bien que cela dura un plus peu longtemps qu'ils ne l'auroient voulu.

Comme la Fregate & la chaloupe n'avoient jamais passé la Ligne, il falut qu'elles subissent la même loi. Le Capitaine fut obligé de racheter l'Eperon de son vaisseau, les

Grand GOSIER.

les Matelots disant qu'ils étoient en droit de couper le nez au bâtiment. L'argent que l'Equipage ramassa fut destiné à se divertir en commun à la premiere occasion. Au reste chaque Nation pratique cette ridicule cérémonie avec quelque diversité.

Nous courumes en droiture vers les Isles de *Martin Vas*, qui sont à 20. degrez Sud, & nous dîmes au Capitaine de nous y faire mettre pied à terre, pour les visiter suivant nos ordres. Comme son intention n'étoit pas de le faire, il nous répondit que les barres de nôtre hune d'avant, étant à demi rompues, nous aurions de la peine à gagner ces Isles, parce qu'il faudroit serrer le vent de près, & aller toujours à la bouline. Il changea donc de route malgré nos instances, & le peu de cas que nous témoignâmes faire de sa fausse & frivole raison. Et nous mîmes le Cap sur l'Isle de *Tristan d'Acugna* qui est au 37. degré de Latitude Méridionale.

Le 10. Decembre nous passames le Tropique du Capricorne, & nous entrames dans la Zone temperée du Sud.

Le 13. plusieurs Oiseaux nous vinrent visiter. Il y en avoit quantité de ceux qu'on appelle *Grands-Gosiers*, & que l'on devroit plûtôt appeller *Gros-jabots*, à cause de leur Grosses gorges pendantes ; Ils approchent de la grosseur d'une oye ; & sont fort haut-montez & n'ont ni beauté ni bonté ; car c'est une chair dure & d'un étrange goût. Ils ont la tête grosse, le bec long & pointu, le Corps blanc, les ailes brunes ou roussâtres ; & le col tantôt long, tantôt court, selon qu'il leur plaît de l'allonger, ou de se rengoncer. C'est un animal melancholique qui passe des jours entiers planté sur un rocher à fleur d'eau, comme un pêcheur à la ligne, pour tâcher d'attraper quelque petit poisson. Quoi que cette figure de bête n'ait rien de fort réjouïssant à la vûe, nous ne laissâmes pas de recevoir agréablement leur visite. C'est qu'on s'ennuye de ne voir que de l'eau, & que les moindres objets nouveaux divertissent ; justement comme dans ces petites Cours reculées, où les Altesses sont toutes seules ; ou bien dans ces Convents solitaires de tristes Nonnains qui sont si avides de Compagnie.

Le 17. on cria, à la Baleine, autre plaisir Marin. Et chacun se leva promptement, pour aller saluer l'Eminence d'un gros dos noir qui rôdoit lentement autour de nôtre Vaisseau.

Un moment après, on en vit paroître quinze ou vingt autres, qui me firent souvenir de ce que dit élegamment M. de *Godeau*.

Pour

Pour la beauté de l'Univers ,
De Monstres en formes divers
Tu peuplas les humides plaines ;
Et voulus qu'en leur vaste enclos,
Tous rendissent hommage à ces lourdes Baleines
Qu'on prend pour des écueils sur la face des flots.

En effet, ceux qui n'ont pas plus d'expérience de la Mer qu'en avoit le bon *Aloysio Cadamusto*, & tout l'Equipage de son Vaisseau, s'imaginent que ces grosses bêtes les cherchent pour les renverser. Ce célébre Voyageur nous raconte dans le chap. L. de l'histoire de sa Navigation, qu'ils eurent grand' peur d'un monstre épouvantable dont les nageoires étoient comme les ailes-d'un moulin à vent, & qui venoit sur eux: mais qu'ils mirent toutes les voiles au vent, & qu'ils échaperent heureusement de ce grand danger. Pour nous, loin d'être ainsi effrayez, nous prîmes un singulier plaisir à voir ces Colosses se jouer dans les ondes, avec autant d'agilité qu'un oiseau vole en l'air. L'une de ces Baleines surpassoit de beaucoup les autres en grosseur, & formoit quelquefois une petite Isle, & en même temps une petite montagne, sur la superficie tranquille de la Mer.

 Je

Je doute que cette prodigieuse moitié de machoire que l'on n'a pas jugée indigne d'être attachée contre le mur du Palais Royal de S. *James*, à *Londres*, ait été d'un animal plus monstrueux en grosseur. Nos Matelots qui avoient la Rélation du *Patrice Vartomanni*, ne pouvoient s'empêcher de rire quand ils y lisoient ce que dit ce fameux Auteur, des Baleines qui poussent leur urine si haut.

Mais s'ils avoient lû *Pline* & *Solin*, Anciens vénérables, avec leurs Baleines longues de neuf cens soixante pieds, leur envie de rire auroit pu se changer en frayeur, par le danger d'être tous avalez, & le Navire & les Anchres, & les voiles & les mats, tout l'Equipage & tout l'attirail. Car encore que ceux que l'on appelle communément Naturalistes prennent depuis quelque temps la coûtume de dire que *Jonas* n'a pu être englouti par une Baleine, à cause que les Baleines ont le gosier si étroit, qu'à peine une Sardine y sauroit passer; tout le monde ne compte pas sur cela, comme sur un fait assuré. Il y a peu de gens qui ayent dissequé eux-mêmes des Baleines, & qui ayent vû de leurs yeux comment elles ont la gorge faite. D'ailleurs, il faut considerer qu'il y a beaucoup d'especes differentes de ces Monstres marins. Et comme je ne puis pas refu-

refuser de croire le P. *George Fournier*, homme très-curieux, & très-savant en toutes les choses qui concernent la Mer, lequel nous assure dans son *Hydrographie*, qu'on trouva deux hommes dans le ventre d'une Baleine qui échoua à *Valence* sur la côte d'*Espagne*, dans la Méditerranée & dont on a gardé une machoire à l'Escurial, je suis persuadé qu'une Baleine de la taille de celle dont parle *Solin* nous auroit tous gobez, comme on gobe à *Geneve* une cuillerée de Mille-canton. Le *Signor Cadamusto* dit que son Leviathan étoit plus gros que la Baleine; mais c'est une dispute de mot. Ce que l'on appelle Baleine, en toutes Langues, est le plus gros de tous les poissons & même de tous les animaux. Et de là vient ce que M. *Bochart* en a écrit, (*Phal*. To. II. L. 1. c. 1.) que le mot de Baleine est un mot Syriaque qui signifie Seigneur des Poissons.

Je dirois volontiers encore un mot sur cet article, pendant que j'y suis, pour refuter l'erreur de ceux qui s'imaginent que ces *Lames* de Baleine dont on se sert pour les corps-de-robe des Femmes, se tirent de la queue & des nageoires; & je leur aprendrois, comme le sachant bien, que cela ne se trouve jamais, ailleurs que dans la gueule des diverses especes de ceux de ces Animaux, qui n'ont point de dents; mais il est temps de con-

continuer la route. Et afin qu'on ne m'accuse pas d'aimer les digressions, je n'ajoûterai rien ici de ce que nos Marins nous raconterent du combat de l'Espadon & de la Baleine, quoique je le pusse faire sans digressions, & que la chose soit assez curieuse ; beaucoup plus même que les combats des coqs ; ou que ceux des chiens & des Ours, dont il y a des Nations entieres qui se font un si grand plaisir.

Le 21. nous vîmes encore quantité de Baleines ; & il y en eut une qui vint, je croi, se gratter contre nos Vaisseaux ; mais elle se gratta si bien qu'elle s'écorcha ; elle trouva quelque accroc qui la déchira, de sorte que le navire en fut un peu ébranlé. Nous la vîmes toute sanglante comme elle s'éloignoit de nous.

Etant arrivez à la hauteur de *Tristan*, nous portames à l'Est, pour tâcher de gagner cette Isle, mais nous ne pûmes réussir, à cause des brouillards épais qui durerent cinq ou six jours ; & pendant lesquels nous étions toûjours à la *Dérive*, pour ne nous pas trop éloigner, & pour n'en pas trop approcher aussi. Comme ces brouillards ne se dissipoient point, nous craignîmes de perdre là nôtre tems, & nous resolumes de profiter du vent favorable que nous avions, qui pouvoit nous pousser en peu de jours au Cap de *Bonne-*

Espe-

Esperance. Mais nous n'eumes pas tenu cette route pendant six heures, que le vent sauta tout d'un coup de l'avant, ce qui obligea le Capitaine de dire qu'il falloit faire une nouvelle tentative sur l'Isle de *Tristan*. Le prétendu dessein réussit alors en quelque maniere : nous vîmes cette Isle le Mardi 27. de Decembre, sur les six heures du matin; & nous la côtoyames du Nord au Sud par l'Est ; mais nous ne pûmes trouver aucun endroit pour mouiller. On avoit toûjours la sonde à la main, sans trouver fond.

Nos yeux nous convainquirent clairement que la Carte du Capitaine étoit fausse, puis qu'elle marquoit une baye dans la partie que nous voyions, où il est certain qu'il n'y en a point du tout. Comme il n'avoit pas dessein que nous y descendissions, il voulut nous persuader, que l'Isle n'avoit point d'accès: mais nous étions sûrs que des Vaisseaux y avoient autrefois mouillé, & nous étions confirmez dans cette opinion par une bonne Carte qu'avoit le S. *Testard*, laquelle marquoit une baye dans un autre endroit vers l'Ouest, & représentoit les côtes qui étoient devant nous fort hautes & fort escarpées, telles qu'elles l'étoient en effet.

Nous remarquames vers le Sud une petite Isle, mais nous n'en approchâmes point. Ce côté de l'Isle *Tristan* que nous vîmes a

 tout

tout au plus deux lieües de long. Il nous parut extrémement agréable, quoi que fort escarpé, comme je l'ai dit, & quoique nous eussions aussi de tems en tems des brouillards qui nous en deroboient la vûe en partie, qui même nous la cachoient quelquefois tout-à-fait. Les côtaux étoient remplis depuis le haut jusqu'au bas de la plus belle verdure du monde, & on voyoit le Ciel avec plaisir au travers des troncs d'arbres hauts & droits, dont les cimes des montagnes étoient couvertes. Le oiseaux voloient de tous côtez. Des eaux vives couloient abondamment en plusieurs endroits, & formoient des napes d'eau qui tombant de bassin en bassin, faisoient d'admirables Cascades; & après avoir roulé avec rapidité jusqu'au pied des côtaux elles s'alloient précipiter dans la mer. Toutes ces differentes beautez produisoient en nous, quoi qu'en vain, un extrême desir de les considérer de plus près, & de nous aller du moins rafraichir dans un si charmant lieu.

La mer étoit toute couverte de Baleines, & de Loups marins qui nageoient jusqu'au bord de l'Isle, en se joüant dans l'eau; & qui même venoient tout contre nôtre Frégate. Un grand nombre d'oiseaux de mer, de plusieurs espéces, les uns gros comme des Oyes, d'autres comme des Canards, voloient

loient autour de nous, & tout cela répandoit une certaine joye dans nos ames. Mais ce fut inutilement que nous nous flatâmes de l'esperance de joüir, au moins pendant quelque temps, de cet agreable séjour; & d'en considerer plus particuliérement les beautez. Peut-être aussi nous auroient-elles tenté d'y faire un plus long séjour que nous ne l'aurions dû. Il y avoit d'autant plus d'aparence à cela que nôtre santé commençoit à s'alterer beaucoup; les plus vigoureux même étant fort incommodez; mais nous ne trouvames ni baye ni port, nôtre Capitaine n'ayant pas fait tout ce qui étoit en son pouvoir pour en chercher. Comme nous n'osions demeurer près de terre pendant la nuit; & que d'ailleurs nous étions trop exposez aux Rafales, ou gros coups de vent, qui venoient sur nous d'entre les montagnes, nous reprimes la route du Cap.

La nuit, il s'éleva un vent qui donna bien de l'ocupation à l'Equipage. Les Vagues s'éleverent à la hauteur des mâts, & il tomba une si grande quantité d'eau sur le pont, que nôtre jeune garçon y auroit été noyé, si on ne l'eût pomptement secouru.

Le premier jour de l'an 1691. nous eûmes le plaisir de voir assez distinctement une vache Marine de couleur roussâtre, qui faisoit voir la tête entiere, & quelquefois plus de la moitié du corps hors de l'eau. Elle étoit ronde & épaisse, & paroissoit plus massive que nos plus grandes vaches. L'œil gros, les dents, ou défenses, longues; & le mufle un peu retroussé. Un de nos matelots nous assûra que ces Animaux avoient les pieds, comme vous le pouvez voir dans la figure que voici.

Le 11. & le 12. nous vîmes quantité d'oiseaux gros comme des perdrix, & à peu près de la même couleur, que les gens de l'Equipage connoissoient sous le nom de Grisards. Il y en avoit aussi beaucoup d'autres de diverses especes, les uns & les autres differens de ceux de nôtre Continent. Ces nouveaux objets ne nous étoient pas désagreables; mais ce qui nous en plaisoit le plus, c'est qu'ils nous étoient une marque certaine que nous n'étions pas éloignez de terre.

Le 13. sur le soir, on la vit, & on reconnut que c'étoit le Cap de *Bonne-Esperance*; mais un gros brouillard qui s'éleva tout d'un coup nous en déroba la vûe, & nous obligea de nous mettre au large pendant la nuit.

Le lendemain, nous nous raprochâmes, & nous vîmes l'Isle *Robben*, qui est à l'entrée du port. Cette petite Isle est plate, & n'a d'habitations que quelques hutes, pour des faiseurs de chaux.

Chacun aspiroit, il y avoit long-temps, à la

Vache Marine.

à la joye d'arriver au Cap ; car nous avions un extrême besoin de nous rafraichir, étant presque tous fortement attaquez du scorbut; & comme les raisins commençoient à meurir, la saison nous étoit tout-à-fait favorable. Après que nous eûmes côtoyé le Cap pendant deux jours, en louvoyant continuellement bord sur bord, à cause du vent & du courant contraire, nous entrâmes enfin dans la baye le 26. de Janvier 1691. & nous y jettâmes l'ancre, sur les quatre heures du soir.

Quoique cette Baye paroisse admirable, son vaste bassin étant fermé d'un côté par une chaine de Montagnes ; & de l'autre, par une longue jettée de terre qui lui sert de mole, elle est pourtant souvent fort mauvaise. Et la raison de cela est en partie, que l'une de ces Montagnes qui devroit toûjours lui servir d'abri, est quelquefois, & même souvent, une fatale source de ces *Rafales* impétueuses qui mettent soudainement tous les Vaisseaux dans un terrible désordre. D'ailleurs, les Vents de mer sont furieux encore. Ils souflent avec une violence épouvantable, & comme l'ancrage n'est pas fort bon, les Vaisseaux sont en grand danger d'être jettez sur la côte. Il est défendu alors aux chaloupes qui sont à terre de tenter de rétourner à bord. Cette mauvaise Montagne est vers la pointe du Cap, & on l'appelle la *Montagne du Diable*, à cause des maux qu'elle fait. Ce fut l'an 1493. que *Barthelemi Diaz*, envoyé par *Jean* II. Roi de *Portugal*, découvrit ce Cap de l'*Afrique*. Mais il raporta que les vents terribles qui y régnoient, ne lui avoient pas permis d'y descendre ; & que par cette raison, il avoit appellé ce lieu-là *Tourmenteaux*. L'Histoire ajoûte que le Roi répondit qu'il ne falloit pas ainsi se décourager ; & qu'il vouloit, lui, donner à cette terre-là, le nom de *Cap de Bonne-Esperance*.

Proche de cette Montagne, il y en a deux autres, dont l'une est nommée la *Montagne du Lion*, à cause que quand on la voit de la Baye, elle a, dit-on, aux yeux de quelques-uns, la figure d'un Lion acroupi. Sur le sommet, il y a un Corps de garde, & dix piéces de Canon. Et lors qu'on aperçoit de là les Vaisseaux en mer, on avertit le Fort.

L'autre Montagne est appellée la *Montagne de la Table*, & avec raison, parce qu'ayant le sommet horisontalement coupé, elle représente assez naturellement la figure d'une table. Un petit lac, ou étang qui est sur le haut, fournit de l'eau à une partie des terres cultivées qui sont en bas. Des diverses Cartes, & Vûes que nous avions de la Baye, celle-ci nous parut la meilleure.

Nous

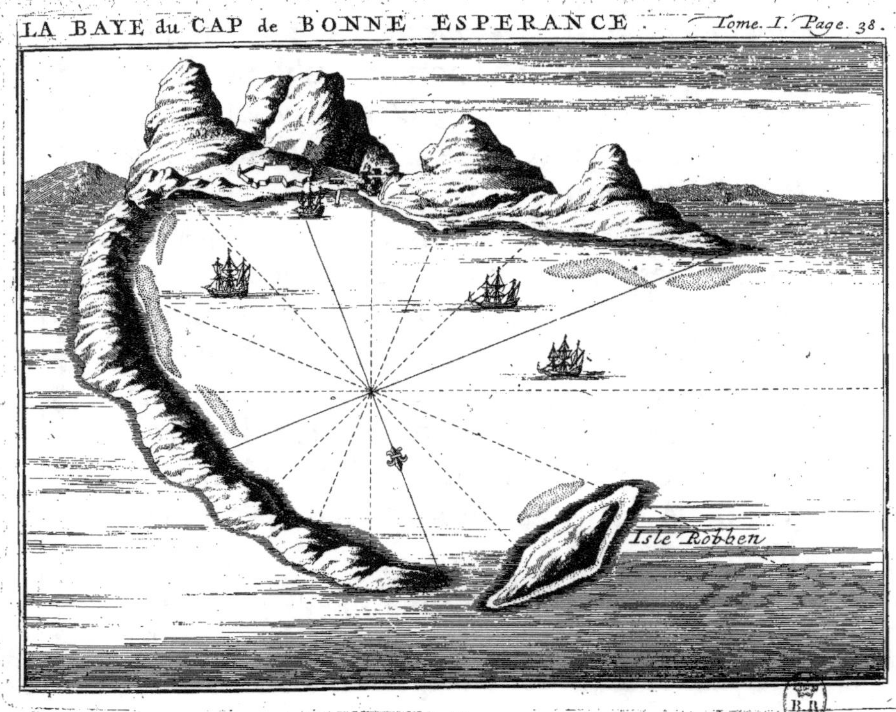
LA BAYE du CAP de BONNE ESPERANCE.
Tome. I. Page. 38.
Isle Robben

Nous y rencontrames quatre Vaiſſeaux, deux *Hollandois*, (le *Lion noir*, & la *Montagne de la Chine* :) un *Anglois*, & un *Danois*. Comme nôtre canon étoit encore à fond de cale, nous ne pûmes ſaluer dès l'abord, ſelon la coûtume; nous ne le fîmes que le lendemain, & même aſſez mal-à-propos, quoi qu'heureuſement; car l'un de nos canons qui étoit chargé à boulet depuis le *Texel*, ſans que l'on s'en ſouvint, alla fraper la muraille du Fort, après avoir paſſé au milieu de trente perſonnes, & friſé la Mouſtache d'un Sergent qui nous rendit le boulet. Nous en fûmes quittes pour quelques reproches. Je me ſouviens d'avoir lû dans la deſcription que *Lambard* a fait de la Province de *Kent*, en *Angleterre*, qu'un pareil boulet de violente Salutation, traverſa le Palais Royal de *Greenwich*, & fit entendre ſon ſifflement aux oreilles de la Reine *Marie*. Les Rois n'aiment point ces ſortes d'honneurs; & nôtre Sergent étoit du goût des Rois.

Le lendemain nous allâmes rendre nos Lettres au Gouverneur, qui nous gronda un peu, comme nous l'avions bien mérité, mais il nous fit en même temps un fort bon accueil, en conſideration du traité que M. *du Queſne* avoit fait avec Meſſ. de la Compagnie, de qui nous avions auſſi des Lettres

de

de recommandation. Nous nous enquimes ensuite, de ce qui pouvoit servir à la continuation de nôtre Voyage; particulierement, si les *François* s'étoient saisis de nouveau de l'Isle *Mascareigne?* & si l'on avoit quelques Nouvelles de leur Escadre? Mais on nous répondit fort diversement.

Quelques-uns nous dirent que l'Escadre de sept Vaisseaux qui avoit passé pour aller aux Indes, avoit jetté trois cens hommes dans cette Isle: D'autres croyoient que les *François* chassez de *Siam*, s'en étoient emparez. Et d'autres enfin nous assurérent que les sept Vaisseaux n'y avoient point mouillé, & qu'il n'y avoit à *Mascareigne* que quelques familles qui y étoient habituées depuis longtemps. Comme ces differens rapports n'avoient rien de certain, nous n'en pûmes faire aucun usage. Ce qui passoit pour incontestable c'étoit, que rien ne pouvoit être égalé à la beauté & à la bonté de l'Isle Mascareigne; que les bleds, le vin, & toutes les autres choses propres à la nourriture de l'Homme, y venoient abondamment, & presque sans culture. Tout cela nous fit résoudre, de partir au premier jour pour l'Isle Maurice, qui n'est pas fort éloignée de celle de Mascareigne, on d'Eden, & où nous devions prendre nos mesures, selon les choses que nous y apprendrions, pour nous conforformer ainſi aux ordres que nous avions reçus en *Hollande*.

Ceux d'entre nous qui étoient les plus malades, deſcendirent au Cap en arrivant, pour s'y guerir du ſcorbut: le ſéjour de terre étant le vrai & ſouverain remede de cette maladie.

Comme nous abordâmes en ce lieu, dans le tems que les raiſins commençoient à être mûrs, (ce qui fut pour tout l'Equipage un excellent rafraichiſſement) nous demeurâmes au Cap pendant trois ſemaines, tant pour retablir nôtre ſanté, que pour radouber nôtre Vaiſſeau. Mon deſſein étant de parler du Cap plus amplement, dans la ſuite, & des choſes que j'y ai remarquées, je remets à en entretenir le Lecteur juſques à nôtre retour.

Nôtre Hirondelle ayant eu ſes rafraichiſſement auſſi bien que nous; & tout le monde ſe trouvant dans une parfaite ſanté, après trois ſemaines de repos à terre, nous levames l'ancre le 5. de Fevrier 1691. Nous ſaluâmes le Fort de 5. coups de canon, & nous partîmes, quoique le vent ne nous fût pas tout-à-fait favorable. Après avoir louvoyé quelque temps, nous fîmes route en droiture pour doubler le Cap des Aiguilles. Nous montâmes juſqu'au 40. Degré, & le vent fut toûjours variable juſqu'au 15. de Mars,

Mars, auquel jour nous eûmes tous les présages d'une grande tempête.

Le vent devint impétueux en fort peu de temps ; & la mer écumant & soûlevant ses ondes, formoit des montagnes qui paroissoient plus hautes que nos mâts. L'air se changeant tout en feu, les éclairs nous éblouissoient, & nous faisoient voir d'épouvantables lames d'eau qui sautoient de moment en moment sur le pont. Et le feu *S. Elme* s'étant attaché à nos mâts contribuoit à redoubler les frayeurs de tout l'Equipage. Notre Vaisseau qui avoit été regardé au Cap, avec étonnement à cause de sa petitesse, étoit poussé d'une vitesse inconcevable. Tout étoit dans un embarras, & dans un désordre horrible : les amarres toutes brisées ; les coffres, les armes, les lits, les Matelots, & les Passagers rouloient pêle mêle d'une étrange façon, & le Ciel qui nous avoit paru au commencement tout embrazé, s'y couvrit tout d'un coup de noires ténébres, de la profonde épaisseur desquelles tomberent des torrens qui sembloient vouloir abymer ceux qui faisoient la manœuvre.

Le pont étoit toûjours couvert d'un pied d'eau, parce qu'elle tomboit comme à pleins seaux ; & que la mer en jettoit aussi plus abondamment qu'il n'en pouvoit sortir. Mais ce qui redoubloit la crainte dont nous

étions

étions ſaiſis, c'eſt que perſonne n'avoit encore vû ce que nous expérimentions pendant cette extraordinaire tempête. Le même Vent s'augmenta toûjours juſqu'à un certain point, après quoi tous les autres ſe ſuccédant, & s'entremêlant quelquefois avec une égale fureur, ſe faiſoient un triſte joüet de nôtre pauvre petit Vaiſſeau, qu'ils portoient & raportoient en un moment de la Terre au Ciel. En dix heures que dura ce furieux Orage, tous les Vens conſpirez firent abſolument le tour du Compas; & preſque pendant tout ce temps-là, comme il étoit impoſſible de manœuvrer, on fut obligé de s'abandonner au caprice & à l'impétuoſité des vagues.

Enfin l'Orage diminuant peu-à-peu, nos eſpérances preſque perdues ſe relevérent; nous nous félicitames de bon cœur ſur nôtre commune délivrance, chacun ſe ſentant une ſecrete joye que perſonne n'auroit goûtée, ſi une grande & juſte frayeur ne l'eût pas indirectement cauſée; & nous rendimes tous enſemble nos actions de graces à celui qui par ſon admirable bonté, nous avoit conſervez au milieu de ſi grands dangers.

Quand nous fûmes un peu revenus à nous-mêmes, & qu'échapez des plus furieux aſſauts, nous ne regardames plus que comme un jeu ces houles épouvantables qui ſembloient

bloient pourtant vouloir encore nous engloutir; nous vînmes à penser qu'il falloit sans doute donner le nom d'Ouragan à cette épouvantable tempête. Nous en trouvâmes une vraye & énergique description dans le Pseaume CVII. que nous lûmes avec grand plaisir & admiration, aussi bien que le XXIX.

Qu'on vante tant qu'on voudra les idées du fameux *Virgile*, sur un pareil sujet : ce qu'il dit ne sauroit aprocher du sublime de ces deux Pseaumes. Comme aussi tous ces endroits admirez par les Pédans, chez les Poëtes Grecs & Latins, ne sont que fort peu de chose, en comparaison des magnifiques & inimitables Cantiques de *David*.

Nôtre entretien roula assez long-temps, sur les terribles & presque incroyables effets de cette matiere de l'Air, apparemment si douce & si foible, légére, invisible, & semblable au néant ; qui dans l'impétueuse agitation de ses tourbillons, déracine pourtant les plus gros arbres, fracasse les Vaisseaux, renverse les Maisons, & cause en si peu de temps de si grands désordres.

Ce qu'il y a d'admirable encore, c'est qu'un des plus assurez présages de l'Ouragan (mot Indien que nous avons adopté) c'est un calme parfait ; la mer prend un maintien trompeur ; tous ses sillons s'aplanissent, ses moindres rides s'effacent entierement, &

tout

tout ſon air devient riant & gai.

Je voudrois bien que ces Meſſieurs qu'on appelle des Philoſophes, nous fiſſent voir diſtinctement les ſecrets reſſorts de ces divers mouvemens admirables; au lieu de toutes les petites raiſons ſuperficielles, & preſque toûjours fauſſes & badines, dont ils rempliſſent leurs fameux Ecrits. Les vrais Sages avoüent humblement que la Nature a des profondeurs impénétrables, & qu'à proprement parler elles le ſont toutes, auſſi bien que celles des choſes Divines. Et ils reconnoiſſent qu'une des plus grandes Sciences du véritable Philoſophe, c'eſt de n'ignorer pas ſon ignorance.

On croit avoir remarqué que la pluye eſt ſalée, dans la plus grande force de l'Ouragan; & pluſieurs Voyageurs l'ont écrit. Mais quoi que je ne vueille pas abſolument nier ce fait; j'ai bien du penchant à croire que l'on confond les rejailliſſemens des flots réduits en pouſſiere, ou en gouttes, avec la veritable pluye. Si l'on dit qu'on a trouvé la pluye ſalée ſur terre, au milieu de certaines Iſles; je répondrai premierement que j'en doute; & j'ajouterai que ces mêmes tourbillons qui tranſportent les plus grands vaiſſeaux, peuvent enlever auſſi de groſſes portions de ces vagues emmoncelées, dont la hauteur ſe confond déja avec celle des nuës

nuës les plus élevées, & que cela peut être porté bien avant dans les Isles, ou dans les autres terres éloignées de la mer.

Je n'ai dit qu'un mot de ce Feu *S. Elme*, que je vis attaché à un de nos mats, au fort de l'Orage, parce que je n'ai fait aucune observation particuliere sur ce Phénomene. Je ne l'aperçûs que par hasard, m'étant retiré dans ma cabane ; & mon esprit étant alors ocupé de tout autres pensées, que de pensées de curiosité. Je vis une masse de feu bleuâtre, comme colée à un des mâts, & je ne regardai pas s'il y en avoit davantage. Ce qui me fait croire aujourd'hui qu'il n'y en avoit qu'un, c'est que nos Matelots en furent effrayez, au lieu que quand il en paroît deux, ces pauvres especes de gens ont accoutumé d'en tirer un heureux augure. Ce fut selon cette idée, sans doute, qu'on ne donna pas le nom d'un de ces deux Feux-là seulement, au navire dont parle St. *Paul*, mais des deux ensemble. Je dis de deux, parce qu'on ne parloit alors que de deux : de ces deux Enfans éclos avec *Helene* & *Clitemnestre*, de deux Oeufs de *Léda*, que les uns transformérent en la constellation des Gemeaux, & que d'autres adorérent sous leur premier nom de *Castor* & de *Pollux*, comme Dieux de la Mer, parce qu'ils en avoient chassé les Pirates. Mais je sais qu'il en en paroît quelquefois quatre ou cinq ensemble, & peut-être plus. Au reste, comment Monsieur *S. Elme* a succédé à Monsieur *S. Castor*, & à Monsieur *S. Pollux*, c'est une question que je laisse à faire & à décider à quelque Séraphique Docteur.

Le 3. d'Avril, nous vîmes terre ; grande Nouvelle ! Ce que c'étoit, on n'en savoit rien ; car nous avions perdu la tramontane. Toutefois, on voulut se flater de la douce pensée que ce pourroit être l'Isle d'*Eden* ; & on prépara plusieurs choses, en se divertissant, comme pour aller bien-tôt habiter cette Isle tant désirée. Le Vent étoit un esprit de contradiction, qui nous en vouloit éloigner, mais nous disputâmes si efficacement contre lui, que malgré son opiniâtreté, nous le vainquîmes, & nous aprochâmes enfin de cette Terre premierement inconnuë, qui après un examen attentif, se trouva être celle que nous cherchions, à nôtre grand contentement.

De l'endroit où nous nous arrêtâmes, pour jetter les yeux pendant quelques momens sur cet admirable Païs, nous en découvrîmes diverses beautez. Des Montagnes s'élévent vers le milieu, mais toute la partie de l'Isle qui se présentoit de nôtre côté, nous parut être un païs presque uni. Et nous pouvions aisément discerner l'agréable mélange

lange de Bois, de Ruiſſeaux, & de Plaines émaillées d'une raviſſante verdure. Si nôtre vûe étoit parfaitement ſatisfaite, nôtre odorat ne l'étoit pas moins ; car l'air étoit parfumé d'une odeur charmante qui venoit de l'Iſle ; & qui apparemment s'exhaloit en partie des Citronniers & des Orangers qui y ſont en grande abondance. Nous fûmes tous également frapez de cette ſuave odeur, à une certaine diſtance de l'Iſle. Quelques-uns ſe plaignirent agréablement que ces parfums les avoient empêchez de dormir ; & d'autres dirent qu'ils en avoient été ſi embaumez qu'ils ſe ſentoient rafraichis, comme s'ils avoient été quinze jours à Terre.

La Relation qui a été publiée par les ſoins de M. *du Queſne* n'a pas rapporté cette circonſtance, mais Mr. *Delon* ne l'a pas oubliée, & même il a écrit, qu'il croit que ce qui eſt cauſe qu'il n'y a dans l'Iſle ni ſerpents, ni rats, ni inſectes venimeux, c'eſt que le grand nombre de fleurs odorantes dont elle eſt couverte, ſont un poiſon pour ces animaux-là : ce qu'il dit avoir experimenté. Nous ne pouvions nous laſſer tous de dire du bien de cette Iſle, excepté le Capitaine qui affectoit de tenir un langage contraire. Quelque ſemblant qu'il fit & quelques poſitifs que fuſſent les Ordres qu'il avoit reçus, ſon deſſein n'étoit pas d'y deſcendre ; & ce n'étoit n'étoit que le hasard qui l'en avoit fait aprocher ; car il croyoit en être à plus de quarante lieuës, lors qu'on la découvrit. Il fut extrémement étonné, quand le Pilote lui dit qu'il voyoit terre, & que ce pourroit bien être ce qu'on cherchoit. Je ne pénétrerai point ici dans les raisons secretes de la conduite de cet homme, parce que je n'ai que des conjectures ; & qu'après tout, cet examen n'est pas nécessaire. Quoi qu'il en soit, (en vérité, la plume me tombe de la main) ce fourbe, ce scelerat, profita de nôtre foiblesse ; il s'éloigna peu-à-peu, & il prit la route de *Diego-Ruys*. Il disposoit de son Equipage ; & nous, qui étions tous malades, nous ne nous trouvâmes point en état de le forcer à s'aquiter de sa commission. On peut juger de nôtre surprise & de nôtre douleur.

Au reste, puisque je n'ai pas été assez heureux pour visiter cet aimable Païs, dont le Lecteur s'est attendu dès le commencement que je l'entretiendrois, je crois que je ferai une chose qui ne lui déplaira pas, si j'ai recours à un moyen par lequel il ne soit pas tout-à-fait frustré de sa juste attente. Dans cette vûë donc, je lui ferai un abregé des singularitez les plus remarquables de l'Isle d'*Eden*, selon le recueil qui en fut fait un peu avant nôtre départ, par les soins de M.

du Quesne. Il est vrai que cette Rélation pourroit être suspecte à ceux qui pensent qu'il étoit de son interêt de préocuper les esprits d'une maniere qui fut avantageuse à ce nouveau monde qu'il avoit dessein d'aller habiter. Mais j'ai premierement à dire sur cela, que loin de rien ajoûter à la Vérité, M. *du Quesne* ne voulut point que l'on insérât dans le petit Livre qu'il fit publier, aucune de ces sortes de choses, qui auroient le moindre air d'exageration, encore qu'elles passent pour vraies. Et j'ajouterai en second lieu, qu'à *Maurice*, à *Batavia*, & au *Cap*, je suis témoin que tout le monde convient qu'il n'y a rien dans cette Rélation qui ne soit très-conforme à la Vérité.

„ Cette Isle fut premierement nommée „ *Mascareñas*, par les *Portugais* qui s'en em„ parérent, sous leur Roi *Jean IV*. l'an „ 1545. M. de *Flacour* y planta l'Etendard „ de *France*, cent huit ans après, au nom de „ *Loüis XIV*. présentement régnant, & lui „ donna l'illustre Nom de *Bourbon*. On „ peut voir ce qu'il en a écrit. Il posa „ les Armes de *France*, sur le Monument „ même, où il trouva celles de *Portugal*, „ après avoir fait la même chose à *Mada*„ *gascar*.

„ Je croi que les *François* ont comme „ abandonné cette petite Isle. D'autres qui

„ y

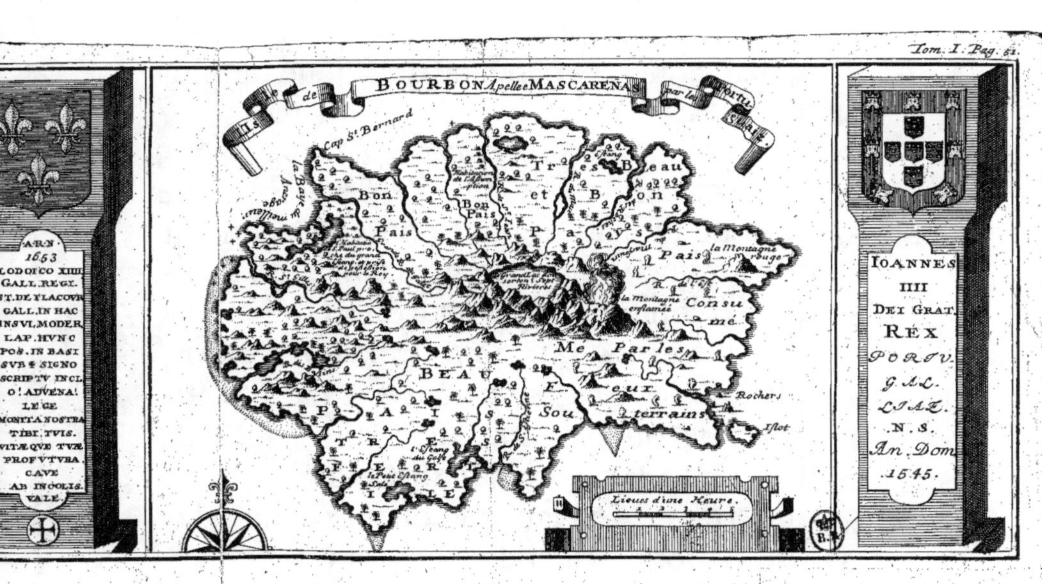
Isle de BOURBON Apellee MASCARENAS par les Portugais.
Cap St. Bernard
la Baye de mouillage
Bon Pais
Tres Beau et Bon Pais
la Montagne rouge
la Montagne enflamée
Consumé
Me Par les Feux Sou terrains
BEAU PAIS
TERRE FERTILE
Rochers
Islot
Lieues d'une Heure
A·R·N·
1653
LODOICO XIIII
GALL. REGI.
ST. DE FLACOVR
GALL. IN HAC
INSVL. MODER.
LAP. HVNC
POS. IN BASI
SVB ✠ SIGNO
SCRIPTV INCL.
O! ADVENA!
LEGE
MONITA NOSTRA
TIBI. TVIS.
VITÆQVE TVÆ
PROFVTVRA.
CAVE
AB INCOLIS.
VALE.
IOANNES
IIII
DEI GRAT.
REX
PORTV-
GAL-
LIAE.
.N. S.
An. Dom
.1545.

„ y ſont deſcendus depuis, l'ont trouvée ſi
„ excellente & ſi belle, qu'ils l'ont regardée
„ comme un petit Paradis Terreſtre, & qu'ils
„ lui ont donné le beau Nom D'EDEN,
„ c'eſt-à-dire, PAYS DE DÉLICES.

(La Rélation dont je donne un Extrait, dit mal-à-propos que perſonne n'a parcouru cette Iſle. La Carte que je mets ici, a été faite ſur la deſcription de ceux qui l'ont viſitée par tout, pendant un ſéjour de pluſieurs Années.)

„ Quoi qu'il en ſoit, *ajoûte M. du Queſne*,
„ il eſt certain que l'Iſle d'*Eden* eſt d'une
„ étendue ſuffiſante, pour contenir aiſément
„ une longue ſuite de générations, de quel-
„ que Colonie qui s'y voudroit établir.

„ Il eſt très-vrai, *ajoûte nôtre Auteur*,
„ que les Voyageurs ne nous ont parlé d'au-
„ cun Païs où l'air ſoit plus ſain qu'il l'eſt
„ dans cette Iſle : ce qui eſt un article très-
„ important. On ſait que quantité de Ma-
„ lades y ſont deſcendus, & s'y ſont par-
„ faitement rétablis en fort peu de temps.
„ On a le même témoignage de ceux
„ qui y ont fait du ſéjour, encore que di-
„ vers ſécours & commoditez ordinaires
„ leur ayent manqué, & qu'ils ayent
„ été trop expoſez tantôt au Soleil, & tantôt
„ au Serain. Le Ciel en eſt pur; & les
„ exhalaiſons de la Terre, ainſi que des

 „ plan-

„ plantes & des fleurs aromatiques dont elle „ est couverte, en parfument l'air, & y „ font respirer un esprit de beaume qui n'est „ pas moins salutaire qu'il est agréable.

„ Cette charmante Isle, qui est entre le „ 21. & le 22. Degré de Latitude Méri- „ dionale, a cet avantage commun avec la „ plûpart des autres Païs qui ne sont pas „ éloignez de la Ligne, que la chaleur en „ est temperée par de certains petits vents „ frais & réglez, que la Providence toû- „ jours admirable a disposez pour rendre „ ces Païs commodément habitables.

„ C'est une des singularitez de cette Isle, „ que la quantité de Fontaines que l'on y „ rencontre. L'Eau en est pure & saine, „ & quelques-unes sont purgatives. De ces „ sources naissent des Ruisseaux, & même „ de petites Rivieres qui arrosent toutes les „ plaines, & qui sont si poissonneuses, que „ quelques Voyageurs ont assuré, que *la „ quantité du poisson fait chanceler ceux qui „ passent ces Rivieres à gué.* Il y a plusieurs „ Lacs; & un entre autres dont les sources „ sont si abondantes qu'il en sort sept gros „ ruisseaux qu'on voit serpenter dans une „ vaste & riche Campagne.

„ Il n'y a aucun animal venimeux, ni „ dans l'eau, ni sur la terre. Au lieu que „ presque tous les autres Païs chauds sont

„ pleins

„ pleins de ſerpens & d'autres telles ſortes „ de bêtes dont la piquûre ou la morſure ſont „ dangereuſes, & même mortelles. On „ aſſure la même choſe des plantes & des „ fruits.

„ Je ne dirai rien du Coquillage admi- „ rable dont les bords de la mer ſont rem- „ plis; ni du Corail, & de l'Ambre gris „ qu'on y trouve, quoique cela ait ſon „ utilité. Mais je dirai que la Mer eſt fort „ poiſſonneuſe, & que les ſeules Tortues „ qu'elle fournit, ſont une nourriture abon- „ dante & délicieuſe. Les Tortues de terre „ ſont auſſi une des richeſſes de l'Iſle; car „ il y en a quantité; la chair en eſt très- „ délicate, & la graiſſe l'emporte ſur le „ beurre, & ſur la meilleure huile, pour „ toutes ſortes de ſauces. Il y a des Tortues de „ mer qui péſent plus de cinq cens livres. „ Celles de terre ne ſont pas de cette groſ- „ ſeur: mais les grandes portent plus aiſé- „ ment un homme qu'un homme ne les „ pourroit porter. Cette huile de Tortue, „ car c'eſt une graiſſe qui ne ſe fige point, „ eſt un remede très-bon pour pluſieurs ſor- „ tes de maladies.

„ Les Forêts ne ſont pas ſi épaiſſes, qu'on „ ne les puiſſe traverſer aiſément; & l'om- „ brage n'empêche pas que les fruits n'y „ meûriſſent. Il y a quantité de Cédres,

 „ d'E-

„ d'Ebéniers, & d'arbres propres pour la
„ Charpente. Il y a des Palmiers, des Fi-
„ guiers, des Lataniers, des Orangers, des
„ Citroniers & des Acajous de diverses sor-
„ tes. On pourroit nommer vingt autres
„ especes d'arbres dont les fruits sont bons
„ à manger, & dont la varieté est toute
„ propre à satisfaire la diversité des goûts.
„ L'Aol s, l'Esquine, l'Indigo, les Can-
„ nes de Sucre, le Cotton, l'Ananas, les
„ Bananes, le Tabac, les Patates, les Ci-
„ trouilles, les Melons de terre & d'eau,
„ les Concombres, les Choux-Caraïbes,
„ les Oumines, les Féves Antasques, les
„ Haricots Ambriques, les Cambares, cer-
„ tain pois du Païs, & cent autres plan-
„ tes, fruits, ou racines de cette na-
„ ture croissent naturellement par tout,
„ jusque sur les Montagnes. On sait par
„ expérience que le Blé de Turquie, le
„ Mil, le Ris, le Froment, l'Orge &
„ l'Avoine y réussissent très-bien; & qu'on
„ peut faire plus d'une recolte par an de
„ tous ces grains-là. On a aussi eu la cu-
„ riosité d'y semer de tous nos legumes, & de
„ toutes les herbes de nos jardins, (dont
„ je m'abstiendrai de faire une ennuyeuse
„ énumeration), & tout cela est venu à
„ merveilles. C'est que le terroir est ex-
„ cellent, & que le Pere de la Nature le
„ rend

„ rend admirablement fécond. Puisqu'on
„ y a mangé de fort bon raisin, il y a tout
„ lieu de croire qu'on y pourroit boire aussi
„ de bon vin. Et il ne faut pas douter non
„ plus, ce me semble, que l'on n'y élevât
„ avec succès la plus grande partie des ar-
„ bres fruitiers de nôtre Continent.

„ Les Bœufs, les Cochons, & les Che-
„ vres qui y furent autrefois portez par les
„ *Portugais*, y ont tellement multiplié,
„ qu'on les trouve par bandes dans les forêts.
„ Et on peut raisonnablement s'assurer que
„ les Cerfs, les Daims, les Moutons, &
„ tous les autres animaux que l'on voit ail-
„ leurs sous le même climat, y réussiroient
„ de la même maniere.

„ Entre les Oiseaux communs dans cette
„ Isle, je nommerai les Perdrix, les Tour-
„ terelles, les Ramiers, les Bécasses, les
„ Râles, les Merles, les Grives, les Hu-
„ pes, les Oyes, les Butors, les Canards,
„ les Poules-d'eau, les Pintades, les Perro-
„ quets, les Aigrettes, les Géans, les Fous,
„ les Frégattes, les Moineaux, & quantité
„ d'autres petits Oiseaux. Plusieurs sortes
„ d'Oiseaux de Proye, & d'Oiseaux de mer.
„ Il y a des Chauve-souris qui ont le corps
„ plus gros que des poules, & dont on man-
„ ge avec plaisir, quand on peut vaincre
„ cette sorte de repugnance qui n'est causée

„ que par un préjugé. On fait aussi bonne „ chere des Perroquets. Les Géans sont „ de grands Oiseaux montez sur des échasses, qui fréquentent les Rivieres & les Lacs, „ & dont la chair est à-peu près du goût de „ celle du Butor. Les Perdrix sont toutes „ grises, & la moitié plus petites que les „ nôtres. Les Mâles des Moineaux ont la „ gorge rouge, & plus rouge qu'à l'ordinaire quand ils font l'amour; mais ces „ petits Animaux, qui comme les Fleurs & „ les Papillons ne semblent avoir été faits „ que pour embellir la Nature, se sont multipliez en si grand nombre, que pour dire la vérité, ils sont devenus beaucoup „ incommodes. Ils viennent par gros „ nuages, enlever en un moment les grains „ qu'on a semez, si on n'y prend garde: & „ cela est un inconvenient sans doute. Mais „ il est à croire que la poudre à canon les „ effaroucheroit en assez peu de temps. Il „ y a aussi des Chenilles & des Mouches qui „ sont quelquefois assez embarassantes. Et „ enfin, (car il faut tout dire quand on veut „ donner une vraye & entiere idée des choses), ces effroyables tempêtes que l'on „ connoît sous le nom d'Ouragans, sont encore un Article fâcheux. On assure bien „ qu'ils sont beaucoup moins violens que „ ceux des Isles de l'Amérique; & on dit,

„ qu'a-

„ qu'après tout, cela ne dure que vingt-„ quatre heures. On considere aussi que „ comme ces terribles orages n'arrivent „ qu'une fois par an, & précisément dans „ la même saison, il y a des moyens de se „ précautionner qui sont infaillibles. On „ ajoûte que pour un mauvais jour, il y en a „ trois cens soixante quatre qui sont admi-„ rablement beaux. Et effectivement ces „ pensées-là sont consolantes. Les gens „ sages, ceux particulierement qui ont un „ peu vêcu, & un peu voyagé, savent „ qu'il ne se faut attendre à aucune félicité „ parfaite en ce Monde, ni sous la Ligne, „ ni sous les Poles. Tout a son pour-&-„ contre, & le meilleur n'est que le moins „ mauvais. Ce qu'il y a donc à faire, en „ cette occasion, comme en toute autre, „ c'est de prendre la balance, & de peser „ les choses, avant que de se déterminer. Si „ quelques inconveniens de nôtre *Eden*, vous „ font de la peine, disoit M. *du Quesne*, „ mettez dans un des bassins de vôtre balan-„ ce, les Chenilles, les Mouches, & les „ Moineaux de cette Isle, avec un Oura-„ gan par an; & joignez la SANTÉ, la „ LIBERTÉ, la SURETÉ, L'A-„ BONDANCE, & la TRANQUILLITÉ. „ Dans l'autre bassin, pour contrepeser les „ trois especes de petits animaux importuns

„ que nous avons nommez, mettez toutes
„ ces étranges bêtes que nôtre célébre *Mo-*
„ *liere* appelle des Harpagons, des Grapi-
„ gnans, des Purgons, des Macrotons, des
„ Mascarilles, des Metaphrastes, des Tris-
„ sotins, & des Sot-en-Villes. Ajoûtez à cela
„ des Dragons, & des Escobars, des Rats-
„ de-Cave, & des Rats-de-grenier; l'Escla-
„ vage, la Pauvreté, les Allarmes, & mille Mi-
„ seres; & aprés cela, levez la balance.

Ce fut donc à nôtre très-grand regret, je le dirai encore, que nous nous vîmes éloignez de cette Isle charmante, que nous avions tant de fois desirée. Dans nôtre foiblesse & dans nôtre douleur, nous consentimes à ce que nous ne pouvions empêcher, & le Commandant de nôtre Hirondelle s'efforça de nous persuader qu'il nous mettroit dans un lieu qui ne céderoit en rien, à celui qui nous avoit semblé si beau. Il n'y avoit que cent cinquante lieües à faire pour trouver cette Isle nouvelle; mais les vents nous furent si contraires, que nous ne fîmes que louvoyer pendant un mois entier.

Le pauvre *Jean Pagni*, l'un de nos Compagnons, mourut dans ce temps-là, entre l'Isle manquée & l'Isle esperée. Il ne put résister davantage au Scorbut & à l'oppression qui le tourmentoient.

Enfin, un beau Samedi matin 25. d'Avril,

vril, vieux ſtyle (1691.) nous apperçûmes une nouvelle Terre. C'étoit la petite Iſle de *Diego-Ruys* où nôtre Capitaine avoit réſolu de nous mettre. Nous en aprochames fort près, par la pointe de l'Eſt, en cinglant vers le Sud. Elle nous parut de difficile accès à cauſe de ces rochers qu'on appelle *Briſans* dont elle eſt toute environnée, & qui s'étendent beaucoup au large. Nous n'apperçûmes d'abord ni port, ni baye, ni aucun endroit où nous jugeaſſions qu'on pût deſcendre commodément. Sur le ſoir on ſonda, & on trouva fond de *roche-pourrie* à trois lieües de terre. Nous jettames l'ancre, & je ne ſais quelle raiſon, jointe au calme, nous firent demeurer là juſqu'au Lundi 27. Nous employâmes ce jour-là & le ſuivant à conſiderer le dehors de l'Iſle autant que cela ſe pût, pour tâcher de découvrir quelque endroit acceſſible. Le 28. ſur les 4. heures après midi, nous remarquames une ouverture que nous crumes propre pour nôtre deſſein. Mais la nuit ſurvenant, nous nous remîmes un peu au large, & nous batîmes la mer juſqu'au point du jour. Sur les onze heures de Matin, le 29. le calme nous prit, & nous jetta dans un grand danger; car un courant rapide nous portoit à vûë d'œil entre des rochers qui s'avançoient plus d'une lieüe avant dans la Mer. Nous en étions si près, qu'il n'y avoit aucune apparence d'éviter ces écueils, lors que par une grace toute particuliere du Ciel, il se leva soudainement un vent favorable qui nous repoussa. Nous remîmes le cap à terre, vers la pointe du Nord; & à midi, le Capitaine mit la chaloupe à l'eau pour chercher quelque entrée. Sur le soir nous fîmes voile vers la pointe du Nord-Est, & la chaloupe nous donna un signal pour nous faire entendre qu'elle avoit trouvé un ancrage. Comme nous étions sur la roche à huit brasses de fonds seulement, cela nous obligea d'aller toûjours la sonde à la main. Nous jettâmes l'ancre à neuf brasses, fond de vase, presque sable, après nous être fait *remorquer* avec la chaloupe : attendant jusqu'au lendemain pour nous mieux placer. Le lendemain donc, 30. Avril, de grand matin, nous jettâmes l'ancre à neuf brasses bon fond de sable vaseux, & à l'abri des vents d'Est & de Sud-Est, qui sont les vents regnans dans ce païs-là.

L'Isle nous parut extrémement belle, & de loin & de près. Le Capitaine qui avoit eû ses raisons pour ne nous mettre ni à *Tristan*, ni à *Mascaregne*, ne demandoit pas mieux, que de nous laisser à *Rodrigue*; & dans cette vûe, il en exalta beaucoup toutes les beautez & tous les avantages. Effectivement

ment ce petit Monde nouveau, nous paroiſſoit tout rempli de charmes & de délices. A la vérité nous n'y voyions pas voler tant d'oiſeaux, que nous en avions vûs ſur les côtes de l'Iſle *Triſtan*; & nôtre rade n'étoit pas parfumée des fleurs de la terre voiſine, comme étoit celle du Jardin d'*Eden* où nous avions paſſé il y avoit un mois. Mais nous ne pouvions pas néanmoins conclurre de là qu'il n'y eût ni fleurs, ni beaucoup d'oiſeaux dans cette Iſle nouvelle; & d'ailleurs, nous en trouvions tout l'aſpect admirable. Nous ne pouvions nous laſſer de regarder les petites montagnes dont elle eſt preſque toute composée, tant elles étoient richement couvertes de grands & beaux arbres. Les ruiſſeaux que nous en voyions découler, tomboient dans des vallons de la fertilité deſquels il nous étoit impoſſible de douter; & après s'être répandus dans quelques eſpaces de terrain uni, auquel je ne donnerai le nom ni de forêt ni de plaine, quoi qu'ils puſſent recevoir l'un & l'autre, ils ſe venoient jetter à nos yeux dans la mer.

Quelcun de nous ſe ſouvint du fameux *Lignon*, & de ces divers endroits enchantez qui ſont ſi agréablement décrits dans le Roman de Mr. *d'Urfé*, mais nôtre eſprit ſe porta incontinent à une toute autre penſée. Nous admirâmes les ſecrets & divins reſſorts de la

Providence, qui après avoir permis que nous eussions été ruïnez, dans nôtre Patrie, nous en avoit ensuite arrachez par diverses merveilles, & voulut enfin essuyer nos larmes dans le Paradis Terrestre qu'elle nous montroit, & où il ne tiendroit qu'à nous d'être riches, libres, & heureux; si dans le mépris des vaines richesses, nous voulions employer nôtre tranquille vie à le glorifier, & à sauver nos ames.

Nous étions tous ensemble plus occupez de ces douces méditations, que possedez d'une joye bruyante, lors que la chaloupe ayant été mise en mer, on demanda qui vouloit aller à terre. Sur cela chacun se leva, avec empressement, quoi qu'il n'y eût aucun qui ne fut malade. Tous mes Compagnons descendirent; mais comme je vis que la chaloupe étoit assez pleine, je ne me hâtai pas de m'y mettre. Beaucoup plus âgé qu'aucun d'eux, je me possedai davantage, & tout rempli de je ne sais quel mélange de tristesse & de joye je passai ainsi le reste du jour, dans un grand silence.

Sur le soir, le Capitaine revint, & me raconta des merveilles: mais il exagera beaucoup, comme j'ai eu tout le temps d'en être convaincu dans la suite. Il me parla d'animaux & de fruits qui n'ont jamais été vûs

dans

dans cette Isle. Il est vrai qu'il apporta diverses sortes d'oiseaux gras & bons ; cela étoit réellement vrai, & je fis un agréable repas de ces mets nouveaux & inconnus. Le lendemain (1. Mai 1691.) j'allai trouver mes compagnons.

Cette Isle que l'on appelle ou *Diego-Rodrigo*, ou *Diego-Ruys*, ou *Rodrigue*, est située sous le dix neuviéme degré de Latitude Méridionale. Son circuit est d'environ vingt lieues ; sa longueur (de l'Est à l'West, & sa forme, sont, comme on le peut voir dans la Carte.

Nous nous plaçames vers la Mer, au Nord-Nord-West, dans un beau Vallon, & proche d'un gros ruisseau dont l'eau est bonne & belle. Et ce fut après avoir visité toute l'Isle, que nous préferames ainsi à tout autre endroit, celui auquel la Providence nous avoit premierement conduits, lors que nous débarquâmes.

J'ai toûjours remarqué que les personnes avec qui je me suis entretenu de toutes ces Avantures, ont eu la curiosité de savoir la disposition particuliere de nos petites habitations : C'est par cette raison-là, que j'en ai voulu mettre ici un plan. Et je comprens fort bien, pour l'avoir souvent experimenté moi-même, que quand on a pû se faire ainsi quelque idée des Lieux, on s'interesse

plus

plus particulierement aussi aux choses qui y sont arrivées.

Jettez donc les yeux, cher Lecteur, puisque vous le voulez bien, sur cette Carte que je vous présente. Vous voyez que je l'ai détachée du plan général de l'Isle, où les mêmes choses n'ont pû être marquées si distinctement. Et au reste pardonnez, je vous prie, à mon peu de capacité, car je ne suis pas fort habile dessinateur : je vous donne ce que j'ai, & je ne saurois vous donner davantage. Comme je ne vous raconte qu'imparfaitement les choses, je ne vous les montre qu'imparfaitement non plus, dans cette petite délinéation. Mais j'espere que les défectuositez de ce que je vous présente, ne seront pas si grandes, que vous ne puissiez y suppléer assez aisément.

La petite Riviere que vous voyez vient de devers le milieu de l'Isle, & à quatre ou cinq mille pas communs, au dessus de nos petites Cabanes, elle forme, en tombant de rocher en rocher, diverses Cascades, Bassins, & napes d'eau, qui orneroient les jardins d'un Prince Dans les temps secs & chauds, elle ne reçoit que peu d'eau de sa source ; mais en tout temps, le flux de la mer la remplit, jusqu'à l'endroit où le terrain s'éleve. Le petit espace que j'ai pointillé, à la gauche, & vers l'embouchure, est

PLAN DE L'HABITATION

1: La Case de Pierre Thomas.
2: De I: de la Haye.
3: De Rob. Anselin; & Cuisine générale.
4: Iardin général.
5: Case de F: Leguat.
6: De I: de la Case.
7: De I: Testard.
8: De Paul B:*** & d'Is: Boyer.
9: Le gros Arbre sous lequel on mangeoit.

MER DES INDES.

eſt un lieu bas, que la mer couvre toutes les fois qu'elle monte. Ce côté de l'eau, en général, eſt moins élevé que l'autre, & eſt inondé par les groſſes pluyes des Ouragans.

Pierre Thomas, l'un de nos Pilotes, dont je parlerai, voulut habiter la petite Iſle que le Ruiſſeau forme. Il fit là ſa cabane, & ſon petit jardin, avec un double pont. C'étoit un fort bon Garçon. Il demeura juché là, dans un Arbre, lors de l'inondation; ce qui me fit ſouvenir du glorieux Monarque *Charles II.* lors qu'il étoit perché dans ce fameux Chêne de *Boſcobel*, dont les reliques ſont encore aujourd'hui venereés. Mais au lieu que le Roi n'oſoit dire mot, ou qu'il parloit tout bas avec le Capitaine * *Sans-Souci*, ſon compagnon de fortune, Maître *Pierre Thomas* joüoit de la flute, ou chantoit, & cauſoit librement avec ſes Amis. Il étoit le ſeul de la Compagnie qui prît du Tabac en fumée: auſſi étoit-il Matelot. Quand ſon Tabac fut fini, il fuma des feuilles.

La Cabane la plus proche de l'Iſle, à droit en allant vers la Mer, étoit le logement

* Le nom de ce Capitaine, qui tint compagnie au Roi, dans le Chêne de *Boſcobel*, étoit *Careleſſ*, mot Anglois qui ſignifie, négligent, ſans ſoin, ſans ſouci. Mais le Roi trouva à propos de changer le nom de *Careleſſ* en celui de *Carlos*. (Vid. Sylvanus Morgan, *Spheres of Gentry*, & *l'Etat d'Angl.* du Dr. *Chamberlain*. To. I. ch. 4.)

ment de Mr. *de la Haye*. Il étoit Orfevre & avoit conſtruit une forge ; de ſorte qu'il fut obligé de faire ſa maiſon un peu plus grande que celle des autres. *La Haye* chantoit des Pſeaumes, ſoit en travaillant, ſoit en ſe promenant.

Ces Cabanes étoient de dix à quinze pieds en quarré, les unes plus, & les autres moins, au gré des Bâtiſſeurs. Des troncs de Lataniers en faiſoient les murs, & les grandes feuilles de ce même arbre en couvroient les toits. Les points qui renferment un petit eſpace autour de ces Cabanes, marquent les paliſſades qui faiſoient la clôture de nos jardins : Et les portes ſont auſſi marquées. On peut juger par ce plan, à quelle diſtance ces Maiſonnettes étoient l'une de l'autre.

Proche de celle du pauvre *La Haye*, du même côté du ruiſſeau, & fort près de l'eau, étoit l'Hôtel de ville, ou ſi l'on veut, le rendez-vous de la République, dans lequel les principales déliberations concernoient la cuiſine. Cet Edifice avoit environ la double grandeur des autres ; & *Robert Anſelin* y couchoit. C'étoit-là qu'on préparoit les Sauces, mais on les alloit manger ſous un grand & gros arbre que j'ai marqué ſur le bord du ruiſſeau, du côté de la porte de cette Cabane. Cet arbre répandoit ſur nous

nous un branchage épais, & nous garentissoit des rayons ardents de ce païs-là. Ce fut dans le tronc fort dur de ce même arbre, que nous creusames une espéce de Niche, pour y laisser les memoriaux, & les Monumens, dont je parlerai dans la suite.

De l'autre côté de l'eau, précisément à l'opposite de l'Hôtel général, étoit aussi le Jardin général. Il avoit 50. ou soixante pieds en quarré; & la palissade qui l'environnoit à hauteur d'homme, étoit fort serrée: de sorte que les plus petites Tortuës mêmes, n'y pouvoient passer. C'étoit, comme on le peut penser, l'unique raison qui nous obligeoit à fermer nos jardins.

Mais repassons le Pont, & revenons à la Cabane de *François Leguat*, Auteur de cette Relation. Vous la voyez entre deux parterres, & appuyée contre un grand Arbre dont elle étoit aussi couverte, du côté de la Mer. Cet Arbre porte un fruit assez semblable à l'Olive, & les Perroquets en aiment beaucoup les Noyaux.

Un peu plus bas, & plus près de l'eau, du même côté encore, étoit la Loge de Mr. *de la Case*. Ce galant homme, qui est présentement dans l'*Amérique*, avoit été Officier dans les Troupes de *Brandebourg*, & savoit déja, ce que c'étoit que d'habiter sous des Tentes. C'est un homme de bon-

ne

ne mine, un homme ingénieux, plein d'honneur, de courage, & d'esprit.

De l'autre côté du Ruisseau, entre l'Islot & le grand Jardin, le pauvre Mr. *Testard*, dont on verra bien-tôt la triste destinée, avoit bâti sa Cabane. C'étoit un brave homme, & que j'ai beaucoup regretté.

Mess. *Be***le* & *Boyer*, s'étoient mis ensemble, & avoient établi leur domicile à quelque petit éloignement du Ruisseau, & plus près de la mer. On verra le portrait du bon *Isaac Boyer*, dans son Epitaphe, car je dirai par avance ici, que ce cher Compagnon de nos premieres avantures, a laissé ses Os à *Rodrigue*. Et puis que j'ai donné quelque caractere de ceux dont j'ai déja parlé, j'ajouterai touchant Monsr. *Be***le* (aujourd'hui plein de santé, graces au Seigneur) que nous l'aimions tous beaucoup, à cause des bonnes qualitez dont il est orné. Je remarquois avec plaisir dans ce jeune homme, car il n'avoit pas plus de vingt ans, un esprit également droit, honnête, doux & vif tout ensemble. Les études qu'il avoit faites, lui donnoient des lumieres que tous n'avoient pas. Il étoit toûjours gai, toûjours obligeant, & du meilleur naturel du monde. Et c'est principalement à son génie inventif, & à son adresse, que nous devons la construction du rare Vais-

Vaisseau dont il sera parlé dans la suite ; aussi bien que la Manufacture des petits chapeaux du Rocher, qui nous ont procuré de grandes consolations dans nos grandes détresses. Et au reste, je ne serai pas fâché de faire remarquer ici en passant qu'à l'exception de *P. Thomas*, & *R. Anselin*, gens de petite fortune, tous les autres Amis dont j'ai parlé, n'avoient pas été chassez d'*Europe* par la misere, & ne s'étoient pas jettez en desesperez dans des Isles desertes, comme ne sachant où poser le pied dans le Monde. C'étoient des gens de Famille honorable, & qui avoient du bien. Mais comme cette Colonie de M. *du Quesne* faisoit du bruit & qu'ils étoient jeunes, sains & gaillards, sans aucuns liens ni de Familles ni d'affaires ; l'envie les prit de faire ce Voyage.

J'ai cru, Lecteur, que vous entendriez avec plus de plaisir la continuation de nos avantures, si je vous faisois un peu connoître le Lieu, & les Personnes dont il s'agit.

Vous voyez des arbres semez çà & là, dans nôtre petite ville. C'est le reste d'un beaucoup plus grand nombre que nous trouvâmes à propos d'ôter. La chose nous fut aisée, car la terre est extrémement legere, & les racines s'enlevent aisément. Vous riez sans doute, quand je vous parle de nôtre pe

tite

tite ville ; mais qu'étoit la fameuſe *Rome*, dans ſon commencement ? Des Femmes, & dans cent ans d'ici, on auroit compté ſept Paroiſſes, où vous remarquez nos ſept huttes.

Quand nous eûmes achevé de préparer ces petites habitations, le Capitaine qui avoit demeuré quinze jours à la rade, leva l'ancre après nous avoir laiſſé la plus grande partie de ce qui nous avoit été deſtiné, & s'être pourvû des rafraichiſſemens néceſſaires. Nous lui donnâmes des Lettres pour *Hollande*, qui faiſoient ſon éloge comme il le méritoit, mais il ne fut pas ſi fou que de les rendre à leur adreſſe, comme nous l'avons apris depuis, & comme nous l'avions bien penſé auſſi. Voici ce qu'il nous laiſſa.

Du Biſcuit, des fuſils, & d'autres armes : de la poudre & du plomb ; des outils pour l'agriculture, & pour la conſtruction de nos Cabanes, comme ſcies, haches, clous, marteaux, & ciſeaux ; Des Utenciles de ménage juſques à des moulins, & un tourne-broche ; des toiles ; des filets à pêcher ; de tout, en un mot, excepté des drogues pour des remédes ; petit ſecours dont nous nous trouvâmes privez plûtôt, par oubli, ſi j'en juge bien, que par la malice du Capitaine : Outre cela, chacun avoit ſes hardes, & ſes proviſions particulieres.

Pierre Thomas, dont j'ai parlé, qui avoit eu querelle avec le Capitaine, & qui craignoit de retourner avec lui, voulut demeurer dans l'Isle; & cela auroit réparé la perte de celui de nos Compagnons qui étoit mort en Mer, auprès de *Mascareigne*; mais le Capitaine, la veille de son départ, vint à terre & nous enleva deux de nos autres hommes (*Jacques Guiguer*, & *Pierrot*) de sorte que nous ne demeurâmes que huit.

Quand le Vaisseau fut parti & que chacun se vit bien rétabli de toutes ses fatigues, ce fut alors que nous fîmes le tour de l'Isle, pour voir, comme je l'ai déja dit, si nous pourrions decouvrir quelque endroit meilleur que celui auquel nous nous étions d'abord arrêtez, mais nous trouvâmes que c'étoit presque par tout la même chose; & même, bien qu'il y eût environ vingt espaces de terrain uni, & à peu près commodes comme étoit le nôtre, nous n'en trouvâmes point qui ne lui fut un peu inférieur en beauté, & en bonté; de sorte que nous resolumes de demeurer au premier endroit.

Aussi-tôt que nous eûmes defriché autant de terre qu'il en fut necessaire, pour nôtre grand Jardin, nous y semâmes toutes nos graines. Nous en avions en quantité, & de toutes les sortes; mais celles qui venoient de *Hollande* se trouvérent toutes gâtées par l'air l'air de la mer, ayant oublié de les mettre dans des vaisseaux de verre, & de les bien sceller; nous avions pris les autres au Cap de *Bonne-Esperance.* Il ne leva que cinq graines de Melons ordinaires, & autant de Melons d'eau; trois de chicorée, trois de froment; des artichauts; du pourpier; des raves; de la moutarde; des giroflées; & du trefle. Les giroflées devinrent grandes, mais elles ne fleurirent point, & enfin elles perirent toutes.

Les raves en firent de même, & furent entierement détruites par les vers avant qu'on en pût manger. Les Melons que j'appellerai de terre, pour les distinguer de ceux qu'on nomme Melons d'eau, vinrent presque sans culture, en fort grande abondance, d'une grosseur prodigieuse, & d'un goût exquis. Je ne crois pas qu'il y en ait en aucun lieu de plus excellens. Et nous avons aussi experimenté qu'ils ont cette proprieté rare, que l'on en peut manger avec quelque excès, sans qu'on en soit incommodé.

Nous en mettions en toutes sauces, & nous les trouvions toûjours merveilleux. On en peut avoir toute l'année; mais nous avons remarqué que ceux qui viennent durant l'hyver, c'est-à-dire dans le temps le moins chaud, vers les mois de Juin & de Juillet, sont beaucoup meilleurs que les autres. Nous pen-

pensions d'abord, qu'il les falloit exposer au Soleil, selon nôtre méthode de *France*, mais nous reconnumes bien-tôt qu'ils réussissoient bien mieux sous les arbres; ce qui est causé, comme on le peut juger, par la difference du climat & du terroir.

Entre nos cinq plantes de Melons d'eau il s'en trouva de deux sortes, de rouges & de blancs; les premiers étoient les meilleurs. L'écorce en est verte, & le dedans rouge; ils sont rafraichissans, & ne font jamais de mal, non plus que les autres. Ils sont si pleins d'eau qu'on peut aisément se passer de boire quand on en mange. Il s'en rencontroit quelquefois de si gros, que nous n'en pouvions manger un tous huit ensemble.

Ces diverses espéces de Melons viennent facilement, comme je l'ai dit, & produisent des fruits en très-grande abondance. Quand nous mêlions un peu de cendres avec la terre, dans l'endroit où nous les semions, cela les faisoient extraordinairement croître & fructifier; & les fruits acquéroient un nou veau degré de délicatesse.

Les Artichauts nous donnérent une grande esperance; ils croissoient à vûë d'œuil, & ils s'étendirent beaucoup, mais ils ne produisirent qu'un méchant petit fruit. Il est vrai que nous n'étions pas bien assûrez que la graine fût de véritables artichauts, quoi qu'elle en eût toute la figure, & la plante aussi; car nous l'avions apportée du Cap de *Bonne-Esperance*, sans savoir exactement ce que c'étoit. Nous mîmes tout en œuvre pour en faire blanchir les côtes, mais inutilement : quoique nous n'ignorassions pas les manieres differentes qu'on employe pour cela. Ce fut en vain aussi que nous fîmes le même effort pour la chicorée. Elle vint à merveille, aussi bien que le pourpier & la moutarde; mais quoique nous fissions, nous ne lui pûmes jamais ôter son amertume. Des trois grains de Froment qui levérent, nous n'en pûmes conserver qu'une plante : elle poussa plus de deux cens tuyaux, & nous remplit ainsi d'une grande espérance, mais la plante dégénéra, & ne produisit enfin qu'une espéce d'yvroye; ce qui nous affligea, comme on le peut penser, puisque nous nous vîmes privez du plaisir de manger du pain.

Au reste, on ne doit pas conclurre que ce changement de bled en yvroye doive arriver toûjours, puis qu'on voit souvent de pareilles *degenerations* en *Europe*. Et si nos jeunes gens, au lieu de semer précipitamment en un même lieu & en un même jour, tout ce que nous avions de grains de froment, ainsi que d'autres graines, en avoient reservé pour d'autres terroirs, & pour

pour d'autres ſaiſons, nous aurions peut-être fait une ample moiſſon, & de plus heureuſes experiences, à tous égards.

L'air de *Rodrigue* eſt admirablement pur & ſain; & une grande preuve de cela, c'eſt qu'aucun de nous n'y a été malade, pendant les deux années du ſéjour que nous y avons fait, nonobſtant la grande différence du climat & de la nourriture. Celui qui y mourut, lors du départ, comme je le dirai dans la ſuite, ne fût accablé que par une violente fatigue.

L'air eſt riant & ſerain; & les chaleurs de l'Eté, ſont fort moderées, parce que précisément à huit heures du matin, il ſe léve tous les jours un petit vent Nord-Eſt, ou Nord-Oüeſt, qui rafraichit agréablement l'air, & qui tempérant la plus ardente ſaiſon, fait que l'année entiere eſt un Printemps, & une automne continuelle, ſans qu'aucun de ces temps mérite le nom d'hiver: auſſi peut-on s'y baigner toute l'année. Les nuits ont une fraicheur douce & reſtaurante. Il ne pleut que fort rarement; du moins, nous n'avons vû pleuvoir que pendant quatre ou cinq ſemaines, après l'Ouragan, c'eſt-à-dire, entre Janvier & Févrièr: Une heure après que l'eau eſt tombée, on peut ſe promener comme à l'ordinaire. Les roſées qui ſont grandes, & qui ne manquent guére,

 tien-

tiennent lieu de pluyes. Pour le Tonnerre, qui quelquefois eſt ſi formidable, dans nôtre *Europe*, & en divers autres endroits du Monde, je ne croi pas qu'on l'ait jamais entendu dans cette Iſle.

Elle n'eſt, comme je l'ai déja remarqué, qu'un continu d'agréables côteaux tout couverts de parfaitement beaux arbres, dont la verdure perpetuelle eſt tout-à-fait charmante. Ces arbres ſont fort rarement embarraſſez de brouſſailles, & ils forment quelquefois très-heureuſement des allées naturelles, qui en garantiſſant des ardeurs du Soleil, forment en même temps une perſpective qui eſt merveilleuſement embellie par la vaſte étendue de mer qu'on entrevoit quelquefois au travers de leurs troncs élevez & unis.

Au pied de ces côteaux il y a des vallons de la plus excellente terre qui ſoit au Monde. On en ſera convaincu ſi on conſidére que ce terroir eſt rempli, pénétré, & preſque tout formé d'arbres pourris, dont la matiere ſe réduiſant en ſon premier être, s'écoule, dans le temps des pluyes, du haut des côtaux jusqu'au pied. Cette terre, qui eſt fort mouvante, & fort légére, produit preſque ſans culture, & abonde en ſucs très-féconds.

Les vallons ſont couverts de Palmiers, de Lataniers, d'Ebeniers, & de beaucoup d'autres eſpeces d'arbres, dont le branchage

&

& le feuillage ne cédent point en beauté, à celui de nos plus beaux arbres d'*Europe*. Et dans les endroits bas de ces mêmes vallons, on rencontre très-fréquemment des Ruisseaux d'eaux vives, dont les sources sont toutes vers le milieu de l'Isle. Ces beaux Ruisseaux ne tarissent point, & quand on auroit disposé exprès leur cours, pour leur faire arroser tout ce petit païs à égales distances, il n'auroit pas été possible de mieux réussir. Quel dommage, qu'un lieu si délicieux en toutes manieres, soit inutile aux habitans du Monde! J'insiste un peu sur ces charmans Ruisseaux, parce qu'il y a une infinité d'Isles qui n'en ont point du tout, & que c'est une chose doublement admirable d'en trouver tant ici, & de les y voir distribuez si heureusement.

Il y en a plusieurs autres que celui dont j'ai parlé proche duquel nous avions construit nos Cabanes, qui font des Napes & des Cascades, en tombant du haut des Rochers: j'ai compté jusqu'à sept bassins, & autant de Cascades, qui paroissoient ensemble, & qui étoient formées par le même ruisseau.

On trouve dans ces eaux une grande quantité d'anguilles, parmi lesquelles il en a d'une grosseur extraordinaire; & toutes sont d'un goût excellent. Nous en avons pris de si monstrueuses, je n'ose quasi le dire, qu'il

 fal-

falloit deux hommes pour en porter une ſeule. La pêche en eſt très-facile, car à peine l'hameçon a-t-il touché l'eau, que le poiſſon le mord. Cette eau eſt rarement profonde ; & comme elle eſt extrémement transparente, on voit clairement ces groſſes Anguilles qui rempent lentement au fond, & on les darde ſi l'on veut, avec un harpon. Nous en avons quelquefois tué à coups de fuſil, avec de la dragée à Liévre.

Les vallons dont j'ai parlé, & que ces petites rivieres arroſent & fertiliſent, s'élargiſſent inſenſiblement, à meſure qu'ils approchent de la mer ; & forment un terrain de niveau dont la largeur & la longueur eſt quelquefois de plus de deux mille pas. Ce ſont ces petites Plaines dont le terroir eſt ſi excellent, juſqu'à huit & dix pieds de profondeur. Et c'eſt là, que croiſſent à l'envi ces Arbres hauts & droits, entre leſquels on ſe peut promener aiſément, & dont le branchage admirable fait reſpirer à l'ombre, en plein midi, une douce & ſalutaire fraîcheur qui rendroit la vie aux Mourans. Leurs cimes vaſtes & touffues qui montent preſque toûjours à même hauteur, ſe joignent enſemble comme ſi c'étoient autant de Daiz ou de Paraſols, & forment de concert un plafond de verdure éternelle, ſoutenu par les piliers naturels qui les élévent & qui les nour-

nourrissent. Cette Architecture est assurément Divine.

Mais ce qu'il y a de remarquable encore, c'est que la plûpart des arbres de ce petit Eden ne sont pas moins utiles, ou nécessaires, qu'ils sont propres à recréer les yeux & l'esprit. Les diverses sortes de Palmiers & de Lataniers, par exemple, ne sont-ce pas autant de magasins admirables de tout ce qui est nécessaire à la vie de ces hommes sages qui croyent & qui pratiquent ce que dit *S. Paul*. Leur fruit est excellent & l'eau que les troncs de ces arbres fournissent, & qui coule de source sans préparation, est une liqueur délicieuse & bienfaisante. De certaines feuilles se mangent, & sont excellentes. D'autres sont comme des Linges, ou des étoffes de soye. Et ces merveilleux arbres se trouvent abondamment par toute nôtre Isle. Mais peut-être voudra-t-on que j'explique un peu tout cela.

Je n'entreprendrai point de faire un discours sur les Palmiers & les Lataniers; mille & mille gens en ont écrit, & je sais qu'il y en a de plus de trente especes. Je ne m'arrêterai pas non plus à décrire ceux dont je parle, avec beaucoup d'exactitude. Mais j'en donnerai quelque idée, en faveur de ceux qui ne connoissent point ces sortes d'arbres.

Nos Palmiers ſont communément hauts de trente à quarante pieds. Ils ont le tronc droit, & ſans feuilles, mais tout couvert de je ne ſai quelles ſortes d'écailles aiguës, dont la pointe ſe releve un peu. D'autres ont l'écorce preſque unie. Du haut de ce tronc naiſſent ces rameaux de palmes, qu'il n'y a guére de gens qui n'ayent vû en peinture. Ces branches forment un gros bouquet, & tombent tout autour en panaches. Et du bas de ces grands ramaux, ou plûtôt, du tronc dont ils ſortent, naiſſent de longues grapes, dont chaque fruit, ou grain, eſt verd, gros comme un Oeuf de poule, & de même forme. Cela eſt connu ſous le nom de Dattes.

Dans le centre de ce gros bouquet, & ſur la ſommité du tronc, eſt ce qu'on appelle le Chou. Cela ne paroît pas, étant caché par les branches qui s'élevent un peu, tout autour, & qui le ſurmontent. Cette cime eſt toute composée de feuilles tendres qui s'embraſſent étroitement, s'uniſſent, & forment une maſſe à-peu-près pareille à celle d'un chou-cabus, ou d'une laitue pommée. Cela eſt haut d'environ deux pieds, quand l'arbre eſt grand; & la groſſeur eſt la même que celle du tronc. Les grandes feuilles exterieures de cette maſſe ſont blanches, dou-

douces, maniables, & fortes. Ce ſont des peaux de chevreau habilement préparées, c'eſt du Linge, c'eſt du Satin, ce ſont des napes ou des ſervietes, c'eſt tout ce qu'il vous plaira. Les membranes, ou feuilles du cœur, ſont tendres & caſſantes, comme un cœur de laituë. Cela eſt bon à manger crud, & a le goût de noiſette. Mais nous en faiſions un merveilleux ragoût, quand nous le fricaſſions avec la graiſſe & le foye de nos Tortuës de terre. Nous en mettions auſſi dans nos Potages.

Venons à la Liqueur, au Nectar de l'Iſle *Rodrigue*. Par toutes les *Indes*, on a donné à cela le nom de vin de Palme. Nous avions deux manieres d'extraire ce Suc. Dans le tronc de l'arbre, à hauteur d'homme, nous faiſions un trou à mettre les deux poings; & nous attachions immédiatement au deſſous, un Vaiſſeau qui ſe rempliſſoit, en aſſez peu de temps, des précieuſes goutes qui en découloient. Autrement, nous creuſions le Chou, & nous faiſions ſur ſa tête une petite citerne. Il n'y avoit qu'à aller deux ou trois fois par jour, puiſer d'excellent vin dans ces ſources. Le vin du tronc, & le vin du Chou, étoient, à mon avis, également bons.

Mais ceux qui voudroient ménager les arbres, (car pour nous, nous ne les ménagions

gions point) ils feroient beaucoup mieux de ſe ſervir de la premiere maniere que de la ſeconde ; parce qu'après que la ſource, ou le réſervoir du *Chou* a fourni ſa liqueur pendant un mois, ou environ, ce *Chou* ſe flêtrit, & l'arbre tombe auſſi en conſomption, & meurt. C'en eſt plûtôt fait encore, quand on arrache le même *Chou* : Dès qu'il n'a plus ni tête, ni cervelle, il meurt preſque ſubitement.

Au lieu de cela, l'arbre ne perit pas, quand on ne fait que lui percer le flanc, pourvû que la playe ne ſoit pas trop profonde. Mais la liqueur ne tombe de cette ouverture que pendant quatre jours. Après cela, il faut donner à l'arbre bleſſé, le temps de reprendre de nouvelles forces. Je ne ſais pas ce qui ſe fait ailleurs ; mais ce que je dis ici, je le ſai par l'experience journaliere de deux ans entiers. L'écorce de ces arbres eſt fort dure, juſqu'à l'épaiſſeur d'un pouce : le dedans eſt poreux & tendre. Si on fait une trop grande brêche au tronc, pour en tirer le vin, il eſt à craindre que l'arbre affoibli, par cet endroit-là, ne ſoit rompu par l'Ouragan.

Le Latanier eſt une eſpece de Palmier, & eſt mis par les Arboriſtes, dans la même catégorie. Nos Lataniers ont un tronc droit, qui ſemble être formé de larges anneaux d'égale

gale grosseur, & qui n'est pas herissé de ces écailles épineuses dont j'ai parlé. A la cime du tronc, il y a un *Chou* fort semblable à celui que je viens de décrire. Et du pied de ce *Chou*, au lieu des rameaux de palmes, sortent de grandes feuilles, dont les queuës ont six ou sept pieds de long. Les feuilles sont fortes & épaisses, & ressemblent à un éventail ouvert, dont les bâtons paroissent, sortent un peu de la circonférence, & finissent en pointe aiguë. Il y a de ces feuilles qui ont huit pieds de diamêtre : de sorte qu'elles nous servoient à couvrir commodément nos Cases. Nous les découpions par bandes & par morceaux, & nous en faisions des chapeaux & des parasols. La queue est creuse, large de quatre doits, épaisse d'un bon pouce, & un peu arrondie sur les côtez. En bas, où elle tient à l'arbre, elle s'élargit, & se forme en coquille platte qui serre le tronc & l'embrasse en partie. Cette patte large & concave, a quelquefois plus d'un pied de diamêtre, & est de l'épaisseur d'un écu. Nous en faisions des plats, des assietes, & des cuillers. La premiere écorce des queues nous servoit de cordes ; & la seconde nous donnoit des fibres, qui étoient de bon fil à coudre. On en feroit de la toile, si cela étoit préparé.

Nous ne trouvions aucune différence de

goût, ni d'autres qualitez, entre le vin du Palmier, & celui du Latanier. Cette Liqueur eſt blanche comme du petit Lait, & d'une douceur qui a quelque choſe de relevé, ſi je puis juger par mon goût, de celui des autres. Plus elle eſt nouvelle, plus elle eſt agréable. Le 3. ou 4. jour, elle commence à aigrir; & le 7. ou 8. elle eſt auſſi piquante, & auſſi âpre que le plus fort Vinaigre, ſans changer de Couleur.

Les Dattes du Latanier ſont plus groſſes que celles du Palmier. Comme nous avions quantité de meilleures choſes, chair & poiſſon, fruits, &c. nous abandonnions ces Dattes aux Tortues, & aux Oiſeaux: particulierement aux Solitaires, dont nous parlerons dans la ſuite.

Autour du *Chou* du Latanier, vers le bas, & entre les queuës de ſes grandes feüilles, il y a une eſpece de Cotton, tirant ſur la couleur de Citron, que l'on connoît par toutes les *Indes*, ſous le nom de *Capoc*. Nous en faiſions de très-bons matelas. Et cela peut être filé, & mis en œuvre pour toutes ſortes d'uſages, comme le Cotton ordinaire. Nous aurions peut-être penſé à fabriquer quelque eſpece d'étofe, tant avec ce *Capoc*, qu'avec les fibres, ou filamens nerveux de nos feuilles de Lataniers. Mais nous avions de la toile pour long temps; & là la douceur de l'air eſt ſi grande, que nous ne nous ſervions guére de nos habits. Heureux de les avoir épargnez, quand la Perſécution du Nouveau * *Dieu-donné*, dont nous parlerons, nous expoſa à tant de miſeres, ſur le Rocher fatal, où ce méchant Homme nous rélégua.

Cette Iſle a encore divers autres arbres qui produiſent des fruits paſſablement bons. Ceux qui portent une eſpéce de poivre reſſemblent aſſez à des Pruniers de médiocre grandeur, & ont la feuille à-peu-près comme celle du Jaſmin: ils portent leur fruit par petits bouquets; nous nous en ſervions dans nos ſauces.

La mer nous ayant apporté des Cocos qui faiſoient paroître leur germe, nous plantâmes de ces fruits quelques mois après nôtre arrivée, & quand nous partimes, l'arbre étoit déja haut de quatre pieds.

Je laiſſe au Lecteur à tirer ſes conjectures ſur la maniere dont ces Cocos, qui peſoient quelquefois cinq ou ſix livres, pouvoient avoir été pouſſez ſur les côtes de l'Iſle *Rodrigue*, & avoient fait un trajet de ſoixante ou quatre vingt lieues de mer ſans être corrompus. Car nous tenions pour certain qu'ils venoient de l'Iſle de *Ste. Brande*, qui eſt au vent, & au Nord-Eſt de la nôtre, à la diſ-

* Diodati.

tance que j'ai marquée, pour le moins.

La mer ne nous apportoit rien que de ce côté-là, ce qui peut raisonnablement faire croire qu'il y a des courans qui contribuent avec le vent & la marée, à jetter quantité de choses sur le rivage. Dans la saison de l'Ouragan, on pourroit dire que le tourbillon auroit enlévé ces fruits dans l'Isle de *Ste. Brande*, & les auroit jettez bien avant dans la mer, d'où ensuite ils auroient été apportez par le flux & par les courans.

Il se trouve aussi à *Rodrigue* un arbre admirablement beau, dont le branchage s'étend en rond, & est tellement épais qu'il est impossible aux rayons du Soleil de le pénétrer. On voit de ces arbres qui sont si grands, que deux ou trois cens personnes pourroient se mettre dessous à l'abri.

Ce qui fait cette vaste étendue, c'est que des grosses branches, il en sort quelques-unes qui tendent naturellement en bas, & qui gagnant la terre, y prennent racine & deviennent elles-mêmes de nouveaux troncs; ce qui forme une petite forêt.

La premiere fois que j'apperçûs cet arbre, je me souvins d'avoir lû dans les Rélations de quelques Voyageurs, qu'il s'en trouve presque par tout dans les grandes *Indes*; & qu'il y en a aussi dans le Continent & dans les Isles de l'*Amerique*. Je ne pense pas qu'il

y

Tom. I. Pag. 87

y en ait en *Europe*. Les Idolatres de l'Orient l'ont en grande vénération, & bâtissent ordinairement leurs Pagodes dessous.

La Boulaye le Gouz a écrit qu'ils appellent cet arbre sacré, *Kasta*, & qu'ils disent qu'il est cheri des Saints, parce que leur Dieu *Kan* se divertissoit à joüer de la flûte à l'ombre de ses épais feuillages.

Ce même Auteur ajoûte qu'ils n'osent prendre une seule de ses feuilles, de crainte de mourir dans l'an; & il renvoye son Lecteur à ce qu'en ont autrefois écrit *Hérodote* & *Q. Curce*. *Tavernier* en parle aussi, & dit qu'il est nommé *Lul* par les *Persans*, mais que les *Francs* lui ont donné le nom d'arbre des Banianes, parce que les Penitens Faquirs, & les Banianes font leur cuisine, & leurs dévotions sous cet arbre. M. de *Rochefort* l'appelle Paretuvier, dans son *Histoire Naturelle des Antilles*, & dit qu'il a la feuille verte, épaisse, & assez longue, sans parler de son fruit: & les deux Voyageurs que je viens de citer, ne disent rien ni du fruit, ni des feuilles.

Les *Kastas* de l'Isle *Rodrigue*, (car je me dois servir aux *Indes* du nom Indien) ont la feuille large comme la main, assez épaisse, faite à peu près en cœur comme celle du Lilas, & au toucher, elles sont plus douces que du satin. Ils ont la fleur blanche,

&

& de bonne odeur: & le fruit rouge, rond, & de la grosseur d'une prune de Damas noir: la peau en est dure, & renferme une semence menue, assez semblable à celle qu'on voit dans les figues. Le fruit n'est pas mal faisant, mais il est insipide. C'est la nourriture ordinaire des chauve-souris, qui nichent par multitude dans les branches touffües de cet Arbre.

En général, le bois de tous les arbres de cette Isle est fort dur. Nous avons eu occasion de remarquer que celui dont nous nous sommes servis pour nos cabanes, se remplit de vers quelques semaines après qu'il est coupé, si pour prévenir cet inconvénient, on ne le laisse tremper trois semaines ou un mois dans la mer: car alors, le ver ne s'y met plus.

Il y a un arbre que nous appellions bois puant, à cause de sa mauvaise odeur; c'est le meilleur de tous pour la charpente, mais nous ne nous souciïons pas de nous en servir, parce qu'il empuantissoit tous les lieux où il étoit, d'une maniere très-incommode.

Nous n'avons trouvé dans cette Isle aucune sorte de plante, ni arbre, ni arbrisseaux, ni herbe, qui croisse naturellement dans les parties de l'*Europe* qui nous étoient connues, à la seule exception du Pourpier, qui est petit, & verd. Il y en a beaucoup en quelques

ques endroits des vallées; & celui que nous avons ſemé de la graine apportée du Cap, eſt venu parfaitement ſemblable à ce pourpier naturel de l'Iſle.

Il ne s'y trouve aucun animal à quatre pieds, que des rats, des Lezards, & des tortues de terre, deſquelles y a trois différentes eſpéces. J'en ai vû qui péſent autour de cent Livres, & qui ont aſſez de chair pour donner à manger à bon nombre de perſonnes. Cette chair eſt fort ſaine, & d'un goût qui approche de celui du mouton, mais plus délicat. La graiſſe en eſt extrémement blanche, & ne ſe fige point, ni ne cauſe jamais de raports, quelque quantité qu'on en mange: Nous l'avons unanimement trouvée beaucoup meilleure que le plus excellent beurre de l'*Europe*. S'oindre de cette huile, eſt un reméde merveilleux contre les foulures, les froideurs, & les engourdiſſements des nerfs, & contre pluſieurs autres maux. Le foye eſt d'une délicateſſe extrême, & fort gros à proportion de l'animal; car une tortue qui n'a que quinze livres de chair, a le foye de cinq à ſix livres. Il eſt ſi délicieux qu'on peut dire qu'il porte toûjours ſa ſauce avec ſoi, de quelque maniere qu'on le prépare.

Les os de ces tortues ſont maſſifs, je veux dire qu'ils n'ont point de moelle. Châcun

ſait

ſait que ces animaux, en général, font des Oeufs. Ceux-ci, j'entens les tortues de terre, poſent les leurs dans le ſable, & les en couvrent, pour les faire éclorre doucement au Soleil. Ces Oeufs ſont ronds en tous ſens, comme des billes de billard, & de la groſſeur des Oeufs de poules. L'écaille, ou plûtôt la coque, en eſt molle, & la ſubſtance du dedans eſt bonne à manger. Il y a dans cette Iſle une ſi grande abondance de ces tortues, que l'on en voit quelquefois des troupes de deux ou trois mille; de ſorte que l'on peut faire plus de cent pas ſur leur dos, ou ſur leur *Carapace*, pour parler proprement, ſans mettre le pied à terre. Elles ſe raſſemblent ſur le ſoir dans les lieux frais, & ſe mettent ſi près l'une de l'autre qu'il ſemble que la place en ſoit pavée. Elles font une autre choſe qui eſt ſinguliere, c'eſt qu'elles poſent toûjours de quatre côtez, à quelques pas de leur troupe, des ſentinelles qui tournent le dos au Camp, & qui ſemblent avoir l'œil au guet; c'eſt ce que nous avons toûjours remarqué; mais ce myſtere me paroit d'autant plus difficile à comprendre, que ces animaux ſont incapables de ſe défendre, & de s'enfuir.

Nous avions auſſi des Tortues de mer en grande abondance. Leur chair a le goût de celle du bœuf, & la poitrine ſur tout en eſt admi-

admirable. La graiſſe eſt auſſi bonne que la moelle de veau. Comme elle eſt verte, cela a un air d'onguent, qui eſt d'abord un peu dégoutant. Cette graiſſe eſt non ſeulement délicate, mais elle eſt ſaine & purge doncement. Les *Indiens* s'en ſervent comme d'un ſouverain remede contre les maux Veneriens. Quand on a mangé de cette graiſſe, (voudra-t-on bien que je le diſe?) l'eau qu'on rend eſt d'un verd d'émeraude admirable.

Ces Tortues de mer ſont d'une groſſeur prodigieuſe : nous en avons vû qui peſoient plus de cinq cens livres. Quand on veut les prendre, on les tourne ſur le dos, à force de bras, ou avec des leviers, & quand elles ſont ainſi renverſées, il eſt impoſſible qu'elles ſe retournent jamais. Elles pondent en des endroits ſablonneux proche de la mer, toûjours pendant la nuit : elles ſont un trou profond d'environ trois pieds, & large d'un pied, & poſent là leurs Oeufs. Les plus grandes en font près de deux cens en moins de deux heures : elles les couvrent de ſable, & au bout de ſix ſemaines, la chaleur du ſoleil les fait tous éclorre. Alors tous ces petits animaux qui ne ſont pas ſi gros qu'un poulet ſortant de la coque, écloſent tous dans l'eſpace d'une heure, & vont droit à la mer, quelque choſe qu'on faſſe pour les en empêcher. Nous avons

quel-

quelquefois pris plaisir à en porter quelques uns, à un demi quart de lieue, sur la montagne ; & d'abord que nous les mettions à terre ils prenoient le droit chemin de la mer. Elle marchent alors plus vîte que quand elles sont devenues grosses.

Les Frégates, les Fous, & divers autres oiseaux qui les attendent sur les arbres, en détruisent une très-grande quantité, de sorte que de cent, il ne s'en sauve peut-être pas dix. Cependant il y en a un nombre si prodigieux qu'on s'en étonneroit, si on ne se souvenoit pas que chaque tortue fait tous les ans mille ou douze cens œufs, à diverses reprises ; & qu'elles multiplient ainsi depuis le commencement du Monde, peut-être, sans avoir trouvé encore d'autres destructeurs que nous.

Ces œufs ne sont pas tout-à-fait si bons à manger que ceux des tortues de terre ; comme la chair de l'animal n'est pas non plus si délicate. Ils sont de la même forme, & le blanc des uns & des autres ne se cuit que très-difficilement ; & même à la longue il se dissipe absolument de sorte qu'il ne reste proprement que le jaune.

Le foye de ces tortues de mer n'a presque point de goût, & est fort mal sain : s'il sent quelque chose, c'est la mauvaise huile, ou une espece de sauvagin ; & il cause des raports,

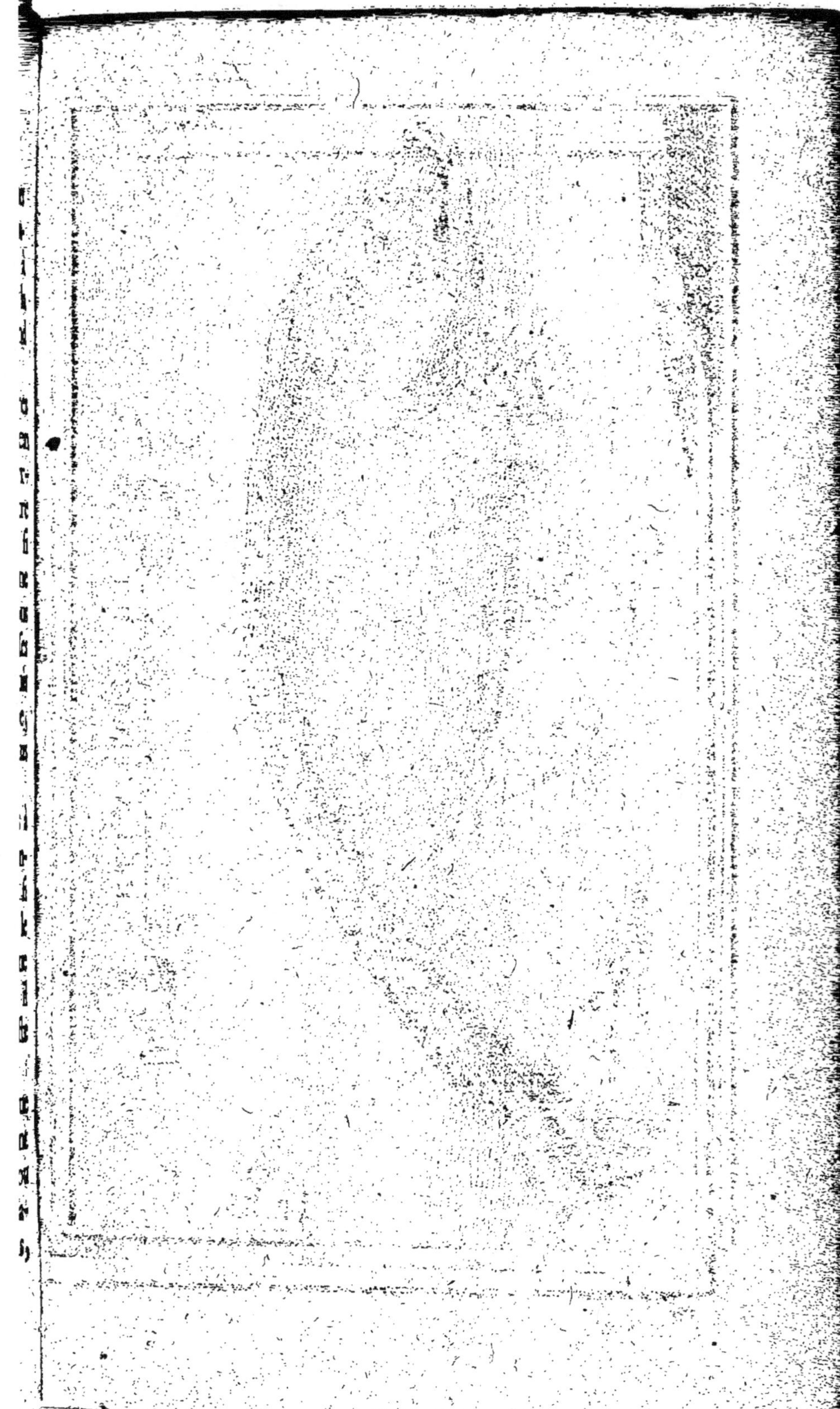

LE LAMENTIN.
B.R

ports, long-temps aprés qu'on en a mangé.

Ces animaux se nourrissent d'herbes au fond de la mer, & ne viennent jamais à terre que pour pondre. Je remarquerai en passant, qu'avant la ponte, ils demeurent neuf jours unis dans l'accouplement.

Leur graisse demeure liquide, quand elle a été fonduë, & est d'un goût excellent aussi bien que celle des Tortues de terre. On peut s'en servir en toutes sortes de ragouts, tant de chair que de poisson.

La Tortue a le sang froid : elle peut vivre plus d'un mois sans manger, pourvû qu'elle soit déchargée de ses Oeufs, & qu'on l'arrose de tems en tems de quelques seaux d'eau de mer.

Le Lamentin, que d'autres Nations appellent *Manati*, pour dire *ayant des mains*, se trouve aussi en grande abondance dans les mers de cette Isle, & paroit par troupes nombreuses. Sa tête ressemble extrémement à celle du Pourceau, quoi qu'en dise le *Dictionnaire des Arts & des Sciences* de Mr. *Corneille*, qui sur l'article de ce poisson, com-sur celui des differents Palmiers, & en beaucoup d'autres choses qui sont de ma connoissance certaine, est sujet à de frequentes & grossieres erreurs, comme il est d'ailleurs le Dictionnaire le plus incomplet qui ait jamais été fait. Il emprunte les têtes d'un Bœuf,

Bœuf, d'une taupe, d'un cheval, & d'un cochon, pour en composer celle du Lamentin; & il tombe en cette occasion dans l'inévitable embarras de tous ceux qui entreprennent de décrire, & de représenter des choses qu'ils n'ont pas vûës, & dont ils n'ont pas d'idée distincte. Pour moi qui ai vû & consideré de près, avec soin, plusieurs Lamentins, je répéte encore, que non seulement moi, mais mes Compagnons, nous trouvions tous ensemble une ressemblance très-grande entre la tête de cet animal & celle du Porc, excepté qu'il n'a pas le groin si pointu.

Les plus grands ont autour de vingt pieds de long, & n'ont aucune autre nageoire que la queue & les deux pates. Le corps est assez gros jusques vers le nombril, & la queue a cela de particulier avec celles des baleines, que la largeur en est horizontale, lors que l'animal est posé sur le ventre. Il a le sang chaud, la peau noirâtre, fort rude & fort dure; avec quelques poils si clair-semez qu'on ne les apperçoit qu'à peine, les yeux petits & deux trous qu'il serre & qu'il ouvre, que l'on peut avec raison appeller ses ouïes, & ses oreilles. Comme il retire assez souvent la langue, qui n'est pas fort grande, plusieurs ont dit qu'il n'en avoit point. Il a des dents machelieres, & même des défenses qui paroissent comme à un sanglier, mais il n'a point

point de dents devant : ses gencives sont assez dures, pour arracher & pour brouter l'herbe. La chair en est excellente, & a le goût fort approchant de celle du meilleur veau : c'est une viande fort saine.

La femelle a les mammelles comme celles des femmes. Plusieurs assurent qu'elle fait ordinairement deux petits à la fois & qu'elle les allaite ensemble, les portant tous deux à son sein, avec ses deux espéces de mains. Mais comme je ne lui en ai jamais vû embrasser qu'un, j'ai du penchant à croire qu'elle n'en produit pas davantage à la fois.

Je ne voyois jamais cette extraordinaire Nourrice, sans me souvenir avec double raison, vû l'état de mon triste exil, du passage des *Lamentations de Jeremie*, où le Prophéte se complaint ainsi. *Les monstres marins mêmes tendent les mammelles à leurs petits, & les allaitent ; mais, la fille de mon Peuple a afaire à des gens cruels. Lament.* ch. III.

Nous prenions ce poisson fort facilement. Il paît par troupeaux comme de moutons, à trois ou quatre pieds d'eau seulement, & quand nous entrions au milieu d'eux, ils ne fuyoient point ; tellement que nous pouvions prendre celui que nous voulions, le tirer à bout touchant avec un fusil ; si bon nous sembloit, ou nous jetter sur lui deux ou

trois,

trois, ſans armes, & le trainer à force de bras ſur le rivage. Nous en trouvions quelquefois trois ou quatre cens enſemble qui paiſſoient l'herbe au fond de l'eau, & ils étoient ſi peu effarouchez, que ſouvent nous les tâtions pour choiſir le plus gras; nous leur paſſions une corde à la queüe pour les tirer hors de l'eau. Nous ne prenions pas les plus gros, parce qu'ils nous auroient donné beaucoup de peine, & auroient même, peut-être, été maîtres de nous; outre que leur chair n'eſt pas ſi délicate que celle des petits.

Ils ont un lard ferme qui eſt excellent. Il n'y a perſonne qui à la vûe, & au goût, ne prit la chair de ce poiſſon pour de la viande de boucherie. Ce pauvre animal meurt auſſitôt qu'il a perdu un peu de ſon ſang. Ce qui nous fit découvrir qu'il y en avoit dans ces mers, c'eſt que quelques mois aprés nôtre arrivée dans l'Iſle, nous en trouvames un mort ſur le rivage. Nous n'avons pas remarqué que cet animal vienne jamais à terre: je doute qu'il s'y pût trainer, & je ne croi pas qu'il ſoit amphibie.

On trouve quantité d'autres ſortes de poiſſons: à l'exception des huitres & des Anguilles, ils ſont tous differents de ceux de nôtre *Europe*.

Nous prénions facilement à la ligne des an-

Anguilles de mer, aussi bien que d'eau douce. Depuis les Brisans jusqu'à terre, il y a de grands espaces qui sont couverts à mer haute, & qui demeurent à sec quand la mer se retire. Dans cette étendue il y a des fosses, ou des especes de réservoirs que la mer a creusez, & qui demeurant pleins d'eau, demeurent aussi remplis de poisson. C'est là où l'on peut pêcher à la ligne avec facilité & plaisir; parce que ces eaux étant fort claires, on voit le poisson qui vient avec précipitation se jetter à l'hameçon, autour duquel il se livre une espece de combat à qui s'attachera le premier; tellement qu'on peut faire une pêche abondante en très-peu de tems.

La pêche du filet n'est pas moins divertissante : on a le plaisir de prendre un grand nombre de poissons dont la diversité est très-agréable.

A mille pas de nos loges, il y a une anse qui se remplit d'eau à mer haute, & à l'entrée de laquelle nous tendions un filet : de sorte que la mer s'étant retirée il restoit un grand nombre de divers poissons à sec, & nous choisissions ceux que nous voulions, laissant passer le reste pendant qu'il y avoit encore un peu d'eau.

Nous avions aussi une autre anse, en deça de nos habitations, qui étoit toute remplie d'huitres attachées ſur le rocher. Nous allions ſouvent déjeûner là; & nous en rapportions dont nous faiſions un ragoût excellent avec des chous de Palmiers, & de la graiſſe de tortue.

De tous les oiſeaux de l'Iſle, l'eſpece la plus remarquable eſt celle à laquelle on a donné le nom de *Solitaires*, parce qu'on les voit rarement en troupes quoi qu'il y en ait beaucoup.

Les mâles ont le plumage ordinairement griſâtre & brun, les pieds de coq d'Inde, & le bec auſſi, mais un peu plus crochu. Ils n'ont preſque point de queuë, & leur derriere couvert de plumes eſt arrondi comme une croupe de cheval. Ils ſont plus haut montez que les coqs d'Inde, & ont le cou droit, un peu plus long, à proportion, que ne l'a cet oiſeau quand il leve la tête. L'œil noir & vif, & la tête ſans crête ni houpe. Ils ne volent point, leurs ailes ſont trop petites, pour ſoutenir le poids de leurs corps. Ils ne s'en ſervent que pour ſe battre, & pour faire le moulinet, quand ils veulent s'appeller l'un l'autre. Ils font avec viteſſe vingt ou trente piroüettes tout de ſuite, du même côté, pendant l'eſpace de quatre ou cinq minutes: le mouvement de leurs ailes fait alors un bruit qui aproche fort de celui d'une Crécerelle; & on l'entend de plus de deux cens pas. L'os de l'aileron groſſit à l'ex-

Tom. I. Pag. 98.

[illegible]

l'extrémité, & forme ſous la plume une petite maſſe ronde comme une balle de mouſquet : cela & le bec, ſont la principale défenſe de cet oiſeau. On a bien de la peine à les attraper dans les bois, mais comme on court plus vite qu'eux, dans les lieux dégagez, il n'eſt pas fort difficile d'en prendre. Quelquefois même on en aproche fort aiſément. Depuis le mois de Mars juſqu'au mois de Septembre, ils ſont extraordinairement gras, & le goût en eſt excellent, ſur tout quand ils ſont jeunes. On trouve des mâles qui peſent juſques à quarante cinq livres.

La femelle eſt d'une beauté admirable ; il y en a de blondes & de brunes ; j'appelle blond, une couleur de cheveux blonds. Elles ont une eſpece de bandeau comme un bandeau de veuves au haut du bec qui eſt de couleur tanée. Une plume ne paſſe pas l'autre ſur tout leur corps, parce qu'elles ont un grand ſoin de les ajuſter, & de ſe polir avec le bec. Les plumes qui accompagnent les cuiſſes ſont arrondies par le bout en coquilles ; & comme elles ſont fort épaiſſes en cet endroit-là cela produit un agréable effet. Elles ont deux élévations ſur le jabot, d'un plumage plus blanc que le reſte, & qui repréſente merveilleuſement un beau ſein de femme. Elles marchent avec tant de fierté & de bonne grace tout enſemble,

 qu'on

qu'on ne peut s'empêcher de les admirer & de les aimer ; de ſorte que ſouvent leur bonne mine leur a ſauvé la vie.

Quoique ces oiſeaux s'approchent quelquefois aſſez familierement quand on ne court pas après eux, on ne peut jamais les apprivoiſer : ſi tôt qu'on les a arrêtez ils jettent des larmes ſans crier, & refuſent opiniâtrement toute ſorte de nourriture, juſqu'à ce qu'ils meurent enfin. On leur trouve toûjours dans le géſier, (auſſi bien qu'aux mâles) une pierre brune de la groſſeur d'un Oeuf de poule ; elle eſt un peu raboteuſe, platte d'un côté & arrondie de l'autre, fort peſante, & fort dure. Nous avons jugé que cette pierre naît avec eux ; parce que quelque jeunes qu'ils ſoient, ils en ont toûjours, & n'en ont jamais qu'une ; & qu'outre cela, le canal qui va du jabot au géſier, eſt trop étroit de moitié pour donner paſſage à une pareille maſſe. Nous nous en ſervions préférablement à aucune autre pierre, pour aiguiſer nos couteaux.

Quand ces oiſeaux veulent bâtir leurs nids, ils choiſiſſent un lieu net, & ils l'élevent à un pied & demi de terre ſur un tas de feuilles de palmier qu'ils ont ramaſſées pour ce deſſein. Ils ne font qu'un Oeuf, qui eſt beaucoup plus gros que celui d'une oye. Le male & la femelle le couvent tour à tour,

&

& il n'éclôt qu'après ſept ſemaines. Pendant tout le tems qu'ils couvent, ou qu'ils élevent leur petit, qui n'eſt capable de pourvoir ſeul à ſes beſoins qu'après pluſieurs mois, ils ne ſoufrent aucun oiſeau de leur eſpece à plus de deux cens pas à la ronde ; & ce qui eſt aſſez ſingulier, c'eſt que le mâle ne chaſſe jamais les femelles ; ſeulement, quand il en apperçoit quelqu'une, il fait en piroüettant ſon bruit ordinaire, pour appeller la femelle qui vient donner auſſi-tôt la chaſſe à l'étrangere, & qui ne la quitte que lors qu'elle l'a conduite hors de ſes limites. La femelle en fait de même & laiſſe chaſſer les mâles par le ſien. C'eſt une particularité que nous avons tant de fois obſervée, que j'en parle avec certitude.

Ces combats durent quelquefois aſſez long-tems, parce que l'étranger ne fuit qu'en tournant, ſans s'éloigner directement du nid ; cependant, les autres ne l'abandonnent jamais qu'ils ne l'ayent chaſſé. Après que ces oiſeaux ont élevé leur petit & l'ont abandonné à lui-même, ils ne ſe déparient pas comme font tous les autres, mais ils demeurent toûjours unis & compagnons, quoi qu'ils aillent quelquefois ſe mêler parmi d'autres de leur eſpece. Nous avons ſouvent remarqué que quelques jours après que le jeune étoit ſorti du nid, une compagnie de trente ou quarante en amenoient un autre jeune, & que le nouveau déniché avec ses pere & mere, se joignant à la bande, s'en alloient dans un lieu écarté. Comme nous les suivions souvent, nous voyions qu'après cela, les vieux se retiroient chacun de leur côté, ou seuls, ou couple à couple, & laissoient les deux jeunes ensemble; & nous appellions cela un mariage.

Il y a dans cette nouvelle circonstance, quelque chose qui semble un peu fabuleux: mais ce sont pourtant des veritez pures, & des choses que j'ai bien souvent remarquées avec soin, & avec plaisir. Je ne pouvois m'empêcher non plus, d'abandonner mon esprit à diverses réflexions. J'envoyois l'homme à l'école des Bêtes. Je loüois mes Solitaires de ce qu'ils se marioient jeunes; (ce qui est une sagesse de nos Juifs) de ce qu'ils satisfaisoient à la Nature, dans le temps propre, & dès que la Nature a besoin d'être satisfaite; selon l'état de cette même Nature, & conformément à l'intention du Créateur. J'admirois le bonheur de ces couples innocens & fideles, qui vivoient si tranquillement, dans un constant amour. Je disois que si nôtre Ambition, & nôtre friandise étoient refrénées, si les hommes étoient, ou avoient toûjours été aussi sages que le sont les oiseaux, pour dire tout en un mot,

on

on ſe marieroit comme ſe marient les oiſeaux, ſans autre attirail ni cérémonies ; ſans contracts, & ſans teſtamens ; ſans *Mien*, ſans *Tien*, ſans ſujetion à aucunes Loix, & ſans nulle offenſe ; au ſoulagement de la Nature, & de la Republique: car les Loix Divines & humaines, ne ſont que des précautions contre nos deſordres. Lecteur, ma principale occupation étoit de penſer, dans nôtre Iſle déſerte : ſoufrez donc que je vous diſe quelquefois mes penſées. Il me ſemble vous avoir averti que vous ne deviez pas vous attendre à des Diſſertations ſur l'antiquité des Accens Grecs des Manuſcrits de nôtre *Eden*, ni ſur celle de ſes Medailles ; non plus qu'à des deſcriptions de ſes Amphithéatres, & de ſes Baſiliques.

Nos Gelinotes ſont graſſes, pendant toute l'année, & d'un goût très-délicat. Elles ſont toutes d'un gris clair, n'y ayant que très-peu de différence de plumage, entre les deux *Sexes*. Elles cachent ſi bien leurs nids, que nous n'en avons pû découvrir, ni par conſéquent goûter de leurs Oeufs. Elles ont un ourlet rouge autour de l'œil. Et leur bec qui eſt droit & pointu, eſt rouge auſſi ; long d'environ deux pouces. Elles ne ſauroient guéres voler, la graiſſe les rendant trop peſantes. Si on leur préſente quelque choſe de rouge, cela les irrite ſi

 fort

fort qu'elles viennent l'attaquer pour tacher de l'emporter ; si bien que dans l'ardeur du combat on a occasion de les prendre facilement. Nous avions beaucoup de Butors aussi gros & aussi bons que des chapons. Ils sont plus familiers & plus aisez à prendre que les gelinottes.

Les pigeons sont un peu plus petits que les nôtres ; tous de couleur d'ardoise, & toûjours fort gras & fort bons. Ils perchent & nichent sur les arbres & on les prend très-aisément. Ils sont si peu farouches, qu'il y en avoit toûjours une cinquantaine autour de nous, quand nous étions à table, parce qu'ils avoient pris goût à la graine de nos melons. On les prenoit quand on vouloit, & nous leur attachions quelquefois aux jambes de petits morceaux d'étoffe de diverses couleurs afin de les reconnoître. Ils ne manquoient pas de venir à tous nos repas: nous les appellions nos poules. Ils ne nichent jamais dans l'Isle, mais dans les Islots qui en sont proche. Nous avons jugé que c'étoit pour éviter la persécution des rats, dont le nombre est très-grand dans l'Isle, comme je le dirai dans la suite, mais qui ne passent jamais dans les Islots. Les Fous, les Frégates, les Paille-en-queue ; & peut-être quelques autres oiseaux de mer, qui ne vivent que de poisson, font pourtant leurs nids

nids ſur les arbres : mais les Ferrets & quelques autres, couvent ſur le ſable, dans les mêmes Iſlots. des pigeons : & tous ces oiſeaux ont un goût ſauvagin qui n'eſt pas agréable ; en recompenſe, leurs Oeufs ſont fort bons. Les Fous viennent ſe repoſer la nuit dans l'Iſle ; & les Frégates qui ſont plus grands, & qu'on appelle ainſi, parce qu'ils ſont legers, & admirablement *bons Voiliers*, les attendent tous les ſoirs au guet, ſur la cime des arbres ; ils s'élévent fort haut, & fondent ſur eux comme le Faucon ſur ſa proye : non pour les tuer, mais pour leur faire rendre gorge. Le Fou frappé de cette maniere par la Frégate eſt obligé de rendre le poiſſon qu'il a dans le jabot, & la Frégate ne manque pas d'atraper ce poiſſon en l'air. Le Fou crie, & fait ſouvent difficulté d'abandonner ſa proye, mais la Frégate plus hardie & plus vigoureuſe, ſe moque de ſes cris, s'éleve, & s'élance de nouveau, juſqu'à ce qu'elle l'ait contraint d'obeïr.

La Frégate eſt noirâtre, de la groſſeur d'un canard ; les ailes extraordinairement étendues. C'eſt une eſpece d'oiſeau de proye, puis qu'il en a les griffes, & que ſon bec long d'un demi pied eſt un peu crochu par le bout. Les vieux mâles ont une eſpece de chair rouge comme une crête, ſous la gorge comme en ont nos coqs.

Les Fous ont été nommez ainsi, parce qu'ils se viennent jetter inconsiderément sur les vaisseaux, & qu'ils s'y laissent prendre innocemment. Leur simplicité est si grande, qu'ils jugent d'autrui par eux mêmes, & qu'ils ne prennent pas les hommes pour des animaux mal faisans. Ils ont le dos châtain, & le ventre blanchâtre; le bec pointu, long de quatre pouces, fort gros vers la tête, & un peu dentelé par les côtez; les jambes courtes, les pieds à peu près en pieds de canard, & d'un jaune pâle.

Le Paille-en-queue, de la grosseur d'un pigeon, est tout blanc, & a le bec court & fort. Il a une plume à la queue longue d'un pied & demi, d'où il a pris son nom. Ces oiseaux nous faisoient une plaisante guerre, ou plûtôt ils faisoient la guerre à nos bonnets. Ils nous surprenoient par derriere, & nous les enlevoient de dessus la tête. Et cela étoit si fréquent & si importun, que nous étions obligez d'avoir toûjours des bâtons pour nous défendre d'eux. Nous les prévenions quelquefois, lors que nous appercevions devant nous leur ombre, au moment qu'ils étoient prêts à faire leur coup. Nous n'avons jamais pu savoir de quel usage leur pouvoient être des bonnets, ni ce qu'ils ont fait de ceux qu'ils nous ont attrapez.

Je

Je parlerai du Ferret & du Pluton dans l'Isle *Maurice*.

A *Rodrigue* il n'y a qu'une seule sorte de petits oiseaux : ils ne ressemblent pas mal aux Serins de Canarie, nous ne les avons jamais entendu chanter, encore qu'ils soient si familiers, qu'ils viennent se poser sur un Livre qu'on tient à la main.

Les Perroquets verds & bleus s'y trouvent en quantité, & sur tout de médiocre & d'égale grosseur. Quand ils sont jeunes, la chair n'en est pas moins bonne que des pigeonnaux.

Il y a des alloüettes de mer, & des Becassines. Nous n'avons vû que très-peu d'hirondelles.

Les chauve-souris volent de jour comme les autres oiseaux : elles sont de la grosseur d'un bon poulet, & ont chaque aîle longue de près de deux pieds. Elles ne perchent pas, mais elles s'acrochent par les pieds aux branches des arbres, la tête pendant en bas : & comme leurs ailes sont aussi fournies de plusieurs crochets, elles ne tombent pas aisément quand on les a frappées : elles demeurent toûjours attachées par quelque crochet. Quand on les voit d'un peu loin, pendantes & enveloppées de leurs ailes, on les prend plûtôt, pour des fruits que pour des oiseaux. Les *Hollandois* que j'ai connus à l'Isle *Maurice* en faisoient un mets précieux & les préferoient au gibier le plus délicat. Chacun a son goût ; pour nous, nous trouvions dans celui-ci je ne sai quoi qui ne nous accommodoit pas ; & comme nous avions beaucoup de choses que nous trouvions meilleures, nous ne mangions point de ces vilaines bêtes. Elles portent leurs petits avec elles, & ne les abandonnent que lors qu'ils peuvent voler. Nous avons remarqué qu'elles en avoient toûjours deux.

Les Palmiers & les Lataniers sont tous chargez de lezards de la longueur d'un pied : on ne sauroit se lasser d'en considerer la beauté. Il y en a de noirs, de bleus, de verds, de rouges, de gris, & de tout cela du plus vif, & du plus éclatant. Leur nourriture la plus ordinaire est le fruit du Palmier. Ils ne sont nullement malfaisans, & sont si familiers qu'ils venoient souvent manger nos melons sur la table en nôtre présence, & même entre nos mains. Ils servent souvent de proye aux oiseaux, sur tout aux butors. Quand nous les faisions tomber des arbres, avec une perche, ces oiseaux accouroient & venoient les engloutir devant nous, quoi que nous pussions faire pour les en empêcher ; & lors que nous en faisions seulement le semblant, ils venoient de la même maniere, & nous suivoient toûjours.

Il

Il y a une autre espece de lézards nocturnes, de couleur grisatre, dont la figure est fort vilaine : ils sont gros & longs comme le bras, & la chair n'en est pas mauvaise. Ils aiment beaucoup les Lataniers.

On trouveroit du sel suffisamment dans les trous des rochers élevez qui sont sur la côte, quand même l'Isle seroit toute habitée. L'eau de la mer est portée dans ces concavitez par le rejaillissement des vagues ; & le Soleil, cet admirable Ouvrier de toutes les metamorphoses de la Nature, la convertit en Sel.

La mer apporte de l'ambre jaune, & de l'ambre gris. Nous en avons trouvé un gros morceau de ce dernier que nous ne connoissions pas, & qui a été la source de tous les maux qui nous sont arrivez après, comme je le dirai dans la suite. Nous trouvions aussi quantité d'une espéce de bitume noir, auquel nous donnions le nom d'ambre, mais je crois que c'est proprement du jayet.

Cette Isle a une certaine fleur d'une odeur admirable, & que je préférerois au jasmin d'Espagne : elle est aussi blanche que le Lis, & presque formée comme celle du jasmin commun. Cela naît particulierement sur les troncs d'arbres pourris, & comme réduits en substance de terre. L'odeur de ces fleurs frappe agréablement à plus de cent pas.

L'air de l'Isle ne soufre ni poux, ni puces, comme on peut s'en être assuré par experience après un debarquement comme le nôtre. On n'est incommodé non plus d'aucune sorte de ces moucherons piquans, ni de ces autres petits insectes qui sont en plusieurs endroits si importuns, ou plûtôt si insuportables pendant la nuit.

Dans ces petites Isles dont j'ai parlé, où nichent les Pigeons, il y a un nombre infini d'oiseaux de mer: la chair n'en est pas agréable au goût, ni même bien saine, mais les œufs en sont fort bons. L'abondance de ces oiseaux est si grande que lors qu'ils se levent de terre, l'air en est quelquefois obscurci.

Ils couvent sur le sable, & si près l'un de l'autre qu'ils s'entretouchent, quoi que de differentes especes, & ces pauvres bêtes sont si peu farouches, & si peu défiantes qu'ils ne s'élevent point quoi que l'on soit, pour ainsi dire, sur eux: il faut les frapper pour les faire partir. Ils pondent trois fois l'année, & ne font qu'un œuf à chaque ponte non plus que les Solitaires; ce qui est une singularité d'autant plus notable, que, si je ne me trompe, nous n'avons aucun exemple de chose semblable entre les oiseaux que nous connoissons en *Europe*. J'ajouterai quelques particularitez de quelques-uns de ces

ces oiſeaux, lors que je parlerai de l'Iſle *Maurice*.

Voila ce que nous avons remarqué de plus conſidérable & de plus avantageux dans cette Iſle & aux environs : il faut préſentement, pour en donner une idée juſte, que je faſſe connoître ce qu'elle a de déſagrémens & d'incommoditez.

Je commencerai par ce que nous vîmes d'abord : ce fut un nombre prodigieux de certaines petites mouches. Auſſi-tôt que nous fûmes deſcendus, elles nous environnerent, & nous couvrirent, & il étoit inutile d'en tuer, parce que la multitude en étoit ſi grande qu'en écraſer dix mille, c'étoit ôter dix goûtes d'eau de la mer. Il eſt vrai que ces beſtioles ne piquent pas : l'incommodité qu'on en ſouffre, c'eſt un petit chatouillement importun, lors qu'elles ſe viennent poſer ſur le viſage. Elles ſe retirent ſur les arbres dès que le Soleil eſt couché, & elles reparoiſſent au lever de cet aſtre : Comme elles cherchent toûjours l'abri, & l'air doux, dès que nous eumes défriché une aſſez grande étendue de terre, le vent qui ſoufloit en liberté autour de nos cabanes, les chaſſa dans les bois & nous en délivra dans l'étendue entiere de nôtre habitation ; mais nous les trouvions par tout ailleurs quand nous nous promenions dans l'Iſle.

Il

Il y a aussi une espece de grosses mouches qui ne craignent pas le vent comme les autres, & qui sont extrémement incommodes. Elles ont le ventre rempli de vers vivans, qu'elles posent sur la viande, & qu'elles y laissent tomber même en volant : de sorte que comme ces provisions se gâtoient aussi, quand au lieu de les laisser à l'air nous les envelopions d'un linge, le seul moyen que nous trouvâmes pour les garantir fut de les tremper de tems-en-tems dans de l'eau de mer. Les nerfs ou filamens des queues de nos feuilles de Latanier auroient pu servir à faire une espece de treillis clair, mais impénétrable à ces mouches, dont on auroit garni un garde-manger, mais nous ne nous avisames point de faire cette machine.

Les rats furent nôtre second fleau. Ces animaux sont semblables à ceux d'*Europe*, & ils sont en fort grand nombre & fort incommodes.

Non seulement ils mangeoient les graines que nous semions, mais ils venoient encore ronger tout ce que nous avions dans nos cabanes. Je douterois volontiers un peu que M. de *Rochefort* eût été bien informé, quand il a écrit qu'il n'y avoit point de Rats dans les Isles de l'*Amérique* avant nos navigations, car j'ai souvent trouvé dans les Rélations des Voyageurs qu'ils en avoient rencontré

contré des quantitez prodigieuſes dans les Iſles déſertes & inconnues. Il eſt vrai qu'il n'eſt pas impoſſible que quelque vaiſſeau ait autrefois échoüé ſur ces terres-là, mais malgré tout ce que la plûpart des Philoſophes d'aujourd'hui en diſent, j'ai de fort bonnes raiſons pour croire que les rats, de même que diverſes autres eſpéces de vermine naiſſent quelquefois de corruption encore qu'ils ſoient produits auſſi par la voye ordinaire de la génération : le bon plaiſir du grand Ouvrier & du Maître du Monde, ayant été tel ; & qu'ainſi, rien n'empêcheroit qu'il ne s'en trouvât dans les Iſles dont jamais aucun navire n'auroit aproché.

Au lieu que les *Americains* ont des couleuvres naturellement exterminatrices de cette vilaine engeance, des Chats, & des chiens même qui ſont dreſſez à leur faire la guerre, nous n'avions que le ſecours des hiboux & de nos trebuchets. Avec cela nous les bannimes en aſſez peu de temps de nôtre quartier : mais il eſt vrai qu'il en revenoit quelquefois des peuplades qui nous occupoient de nouveau.

Le plus prompt & le plus ſûr moyen pour en reduire la multitude comme infinie, à un nombre peu conſiderable ſeroit de répandre d'abord des mets empoiſonnez. L'Iſle n'étant pas grande, on en auroit bien-tôt

raiſon ;

raiſon ; & cette mortalité n'auroit aucuns accidents qu'on pût craindre, ſi elle arrivoit avant que les habitans s'établiſſent.

Les diverſes grandes incommoditez que ces animaux apportent, quand ils vont ainſi par armées, rendent aiſément croyable ce que l'on dit du jeune Avanturier *Anglois* (*Richard Whittington*, en 1397.) qui fit fortune avec un chat qu'il avoit apporté de ſon païs comme par hazard, & dont il fit préſent à un Seigneur de quelque Iſle des *Indes*. Le petit Prince charmé de la chaſſe admirable du chat, récompenſa liberalement celui de qui il l'avoit reçu ; & celui-ci ayant fait valoir le talent revint riche, & devint enfin Maire de *Londres*. On le voit ſouvent peint avec ſon chat, & en habit de Maire, ſervant d'enſeigne entre celles de *Londres*.

Les crabes de terre furent nos troiſiémes ennemis : il eſt preſque impoſſible de les détruire, à cauſe de leur prodigieuſe quantité dans la plûpart des lieux bas, & de la grande difficulté qu'il y a à les déterrer dans leurs trous. Elles ſe logent en terre, & creuſent, juſqu'à ce qu'elles ayent trouvé de l'eau : leur taniere eſt large, & a pluſieurs iſſuës, & elles ne s'en éloignent que fort peu ſe tenant toûjours ſur leurs gardes.

Elles arrachoient nos plantes dans nos jardins, jour & nuit ; & ſi nous renfermions

ces

ces plantes sous des especes de cages, dans l'esperance de les garantir, si elles n'étoient pas fort loin elles approfondissoient leurs tanieres, & se faisant une nouvelle route, venoient par dessous la cage arracher la plante. Le dos, ou la coque, ou coquille de cette crabe est d'un roussâtre salé, à-peu-près rond, & d'environ quatre pouces de diametre. Elle marche en tout sens sur huit pates qui s'élevent à quatre doits de terre; & elle a deux serres dentelées de grandeur inégale, comme on sait qu'en ont toutes les espéces d'écrevices: la serre, ou patte droite étant plus grosse & plus forte que la gauche. On ne voit pas sa bouche, quand elle marche, parce qu'elle l'a par dessous, mais ses yeux, à-peu-près comme ceux des crabes que nous avons en *France* & en *Angleterre*, s'élévent à un bon pouce l'un de l'autre, sur le bord & au devant de la coque.

Quand on en approche elle est extrémement prompte à se retirer; & comme elle court toûjours après les pierres qu'on lui jette, on a tout le loisir de lui en jetter jusqu'à ce qu'on la frappe. Il est dangereux de s'exposer à en être pincé. Cet animal nettoye fréquemment son trou; & après qu'il a fait un petit tas des ordures qu'il y rencontre, il les emporte dehors, en les pressant

avec

avec les ſerres contre ſon ventre : il fait cela ſi ſouvent, & avec tant de diligence, qu'il a bien-tôt ôté ce qui l'incommode. La chair en eſt aſſez bonne, & approche du goût des écrevices de nos rivieres.

Un peu avant, & après les pleines Lunes de Juillet & d'Août, ces Crabes vont par milliers, de tous les endroits de l'Iſle à la Mer ; Nous n'y en avons vû aucune qui ne fût chargée d'œufs. On en peut alors détruire beaucoup, parce qu'elles marchent en troupes prodigieuſes, & qu'étant éloignées de leurs trous, elles n'ont aucune retraite. Nous en avons quelquefois tué à coups de bâton plus de trois mille en un ſoir, ſans nous appercevoir le lendemain que le nombre en fût diminué. La ſeconde année de nôtre ſéjour dans l'Iſle, nous nous aviſames, pour nous en débarraſſer, de ſemer beaucoup de graines dans les lieux qu'elles habitoient le plus, afin de les amuſer dans ces endroits-là : comme elles y trouvoient aſſez d'occupation, & même trop, nos plantes ſe trouvoient épargnées : & pourvû qu'elles euſſent le tems de groſſir, elles étoient hors de danger ; auſſi la précaution de ſemer les graines des plantes que nous voulions cultiver, dans les endroits qu'elles ne fréquentoient pas, outre celles que nous ſemions dans nos Jardins : comme dans les lieux élevez, & éloignez des ruiſſeaux, & dans ceux dont le fond eſt de roche. L'un

L'un de nos gens qui, à tout hazard, avoit aporté deux grands coffres pleins de marchandises propres pour les *Indes*, & une assez bonne quantité de Louïs d'or, mais qui étoit pour le moins aussi défiant que riche, fut plaisamment attrapé par une de ces petites bêtes. Il avoit ses pistoles en plusieurs bourses, & pour peu qu'il s'éloignât de sa cabane, nous remarquions qu'il les prenoit avec lui. Avant que de se coucher il ne manquoit jamais non plus de les cacher en divers endroits, le plus adroitement qu'il pouvoit; mais quelque fin qu'il fût, il trouva plus fin que lui encore; & fut la dupe d'un voleur dont il ne s'étoit pas défié: je veux dire de quelque crabe ou de quelque Rat qui lui enleva un de ses sachets, dont le cuir étant un peu gras, se trouva sans doute au goût du voleur. Le lendemain, comme on s'apperçût qu'il étoit chagrin, & qu'on le vit chercher quelque chose avec beaucoup d'aplication, on le pressa tant, que soit par importunité, soit parce qu'il étoit bien aise qu'on lui aidât, il raconta naïvement l'avanture. Quoi qu'il fût difficile de n'en pas rire un peu, on se mit pourtant en quête avec lui; mais quelque perquisition que l'on fit, on ne trouva rien, & il falut que le volé se consolât de sa perte. Il est vrai qu'il eut une permanente rancune con-

contre

tre toute la nation des crabes, & que dans la guerre que nous leur faisions souvent, il n'en tua jamais aucune sans lui donner encore quelques coups après sa mort.

Les crabes de mer sont beaucoup meilleures & beaucoup plus grosses que celles de terre; & la chair en est aisée à digerer.

Il y en a encore d'une autre espece qui, à ce que j'aprens, porte le nom de Tourlouroux dans les *Antilles*, & qui sont à peuprès de la figure des premieres dont j'ai parlé, mais un peu plus petites. Elles habitent veritablement entre la mer & la terre, en vrayes amphibies qu'elles sont; de telle maniere que le flux remplit leurs loges deux fois le jour; & elles travaillent continuellement à les nettoyer.

L'Ouragan que l'on essuye tous les ans dans les mois de Janvier ou de Fevrier, comme je l'ai déja marqué, est encore un terrible ennemi. Nous avons senti deux fois ses rudes assauts. Ce vent furieux s'éleve ordinairement après un temps doux, & même après un grand calme; & sa plus grande violence dure au moins une heure. Alors nous vimes plusieurs gros arbres renversez en un moment, & nos cabanes toutes fracassées. La mer bruiante & écumante, faisoit des mugissemens épouvantables; & élevant ses flots comme des montagnes elle les poussoit con-

contre les côtaux avec tant d'impetuosité qu'il sembloit que la Nature hors d'elle-même dût bien-tôt retourner dans son premier Cahos. Le Ciel se mêloit avec la terre. L'air s'épaississoit, & couvroit tout de ténébres; les nuës entassées fondoient enfin, & versoient une si grande abondance d'eau, que nos beaux & fertiles vallons inondez devenoient un nouvel Ocean. Tout ce que ces torrens rencontroient étoit terrassé, & rapidement entrainé. Et je crois que si cette violence eût duré trois heures, il n'y auroit pas eu un seul arbre qui eût résisté. Las animaux, par un instinct naturel que leur a donné la bonne & sage Providence, prévoyent ces orages avant qu'ils arrivent, & se sauvent dans les trous des montagnes; mais dès le lendemain ils paroissent comme auparavant, parce que le temps redevient aussi beau & aussi calme que jamais. Le dernier des deux Ouragans que nous avons essuyez à *Rodrigue*, fut beaucoup plus terrible que le premier. Au milieu de sa plus grande force, il se fit tout d'un coup un calme si grand, que l'on auroit entendu le moindre bruit, tellement que l'on crut que tout étoit passé; mais il recommença bien-tôt avec plus de furie qu'auparavant. Il détruisit absolument tous nos jardins, parce que la violence de ce vent, élevant en l'air les eaux

de

de la mer, porta par tout un déluge d'eau ſalée, qui brûla ou tua abſolument tout ce que nous avions planté. Mais comme cela ne préjudicia pas au fond du terroir, dès que nous fumes ſortis des trous des rochers où nous nous étions mis à l'abri, nous vinmes ſemer comme auparavant.

Enfin le quatriéme & le dernier ennemi que nous eûmes à combattre, ce furent de petites Chenilles vertes, qui ſuccédent toûjours aux Ouragans, & qui en ſont infailliblement une ſecrete production. Ces Inſectes nous incommodoient beaucoup depuis le mois de Fevrier juſqu'au mois d'Avril, parce qu'ils mangeoient nos melons; ils n'en laiſſoient pas une ſeule feuille. L'Expérience nous a apris que pour les garantir, il falloit les bien couvrir la nuit, & ne les découvrir qu'après le lever du Soleil. Des cloches de verre leur auroient été un heureux bouclier. Comme cette vermine ne touchoit ni à la chicorée ni au pourpier; on peut raiſonnablement préſumer qu'elle n'attaqueroit pas non plus diverſes autres ſortes d'herbes & de Légumes, qui ne ſe rencontroient pas être plus à leur goût.

On trouve de petits Scorpions en quelques endroits, particulierement ſur les Lataniers; mais nous ſavons qu'ils ne ſont nullement dangereux; puiſque nous en avons été pluſieurs

ſieurs fois piquez ſans inconvénient. La piquure fait ſeulement une petite douleur d'un moment, comme quand on eſt piqué d'un épingle.

Quand nous nous baignions dans la mer, ou lors que nous étions obligez d'y marcher en pêchant, nous nous ſommes ſouvent trouvez environnez de grandes troupes de Requins, parmi leſquels il y en avoit des plus gros, qui ne nous ont jamais attaquez. Et comme nous étions ſur ce fatal Rocher de l'Iſle *Maurice*, duquel je parlerai dans la ſuite, j'ai vû cent fois une grande meute de chiens qui pourſuivoient un Cerf à la nage dans la mer, & dans les endroits où l'on voit beaucoup de Requins, ſans qu'il leur en arrivât jamais aucun accident, non plus qu'à nous, qui nous y baignions fréquemment. Je laiſſe au Lecteur à juger ſi cet animal eſt auſſi vorace qu'on dit, ou ſi les Requins de ces mers ſont d'une nature differente des autres. Comme les Rélations de ceux qui ont voyagé en *Amérique*, & en diverſes autres parties du Monde, nous diſent unanimement que les Requins de ces mers-là ſont extraordinairement dangereux & gloutons, & que pluſieurs parlent en témoins oculaires; il eſt raiſonnable de les croire, & de conclurre plûtôt que tous les Requins ne ſont pas de même eſpece. Ce poiſſon a communément quinze ou ſeize pieds de long. De la maniere dont il a la gueule faite, il faut neceſſairement, qu'il ſe tourne ſur le dos pour engloutir ſa proye, ou qu'il éleve la moitié de la tête hors de l'eau. Il a pluſieurs rangs de dents qui ſont extrémement pointues, tranchantes & faites en ſcie. J'ai oüi dire à *Batavia*, & ailleurs, que la cervelle de Requin a la vertu de faire accoucher les femmes. Mais une pareille experience ne ſe pouvoit faire dans nôtre Iſle. Quelques-uns diſent que le petit poiſſon qu'on appelloit Succet, ou pilote du Requin, lui ſert de guide, mais c'eſt une chimere que le Pere *Tachard* a fort bien refutée. Ce Succet que l'on juge aſſez vraiſemblablement être la Remore que ces bonnes gens du temps de jadis (qu'on appelle vénérablement *les Anciens*, & qui fort ſouvent ne ſavent pas trop ce qu'ils diſent) ont renduë ſi fameuſe, & ſi redoutable; ce Succet, dis-je, a ſur la tête, & même un peu avant ſur le cou, une membrane cartilagineuſe, plate & ridée, par le moyen de laquelle il s'aplique & ſe colle étroitement au dos des Requins & des chiens de mer, & apparemment à des choſes inanimées, puis qu'on les voit s'attacher quelquefois ainſi au bois, ſur le pont du vaiſſeau (en ſe tournant le ventre en haut) quand il eſt tout ſortant de l'eau. Il y en a de deux

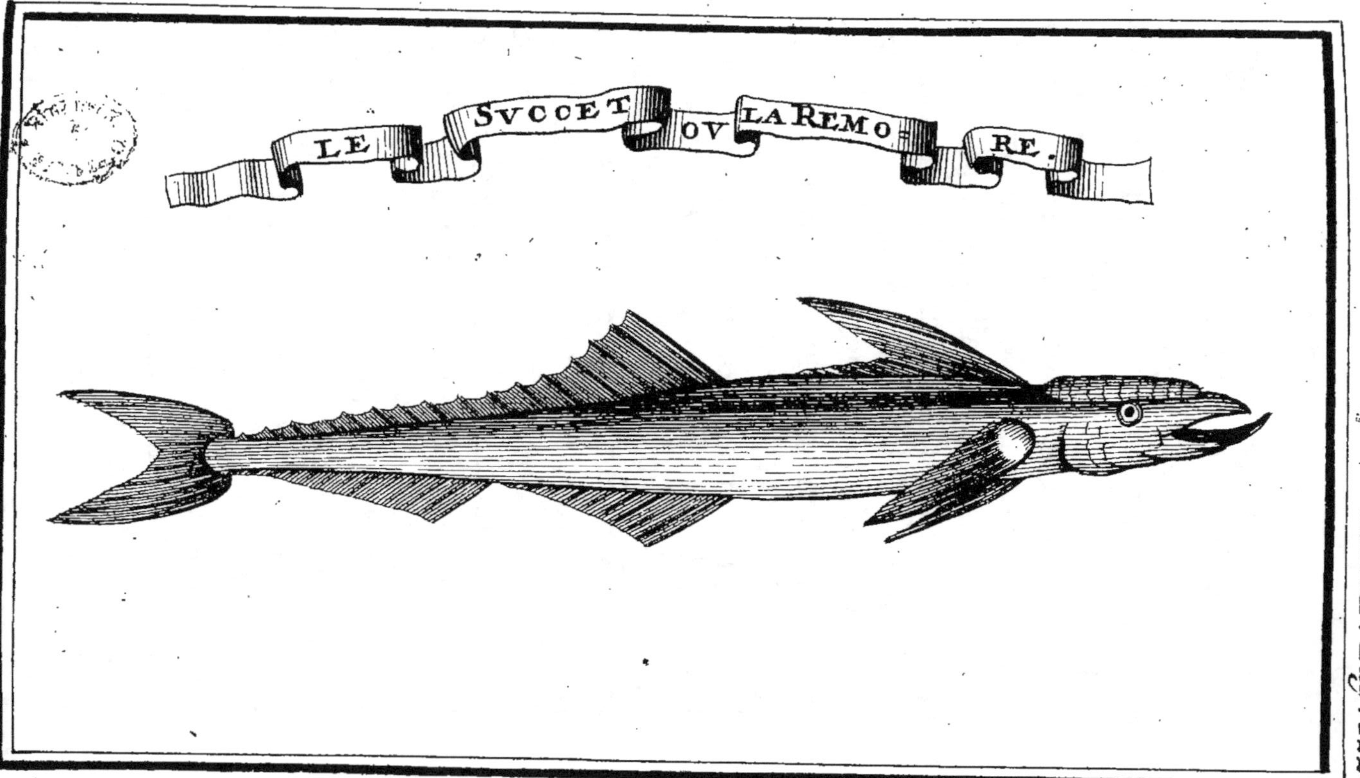
LE SVCCET OV LA REMO=RE.

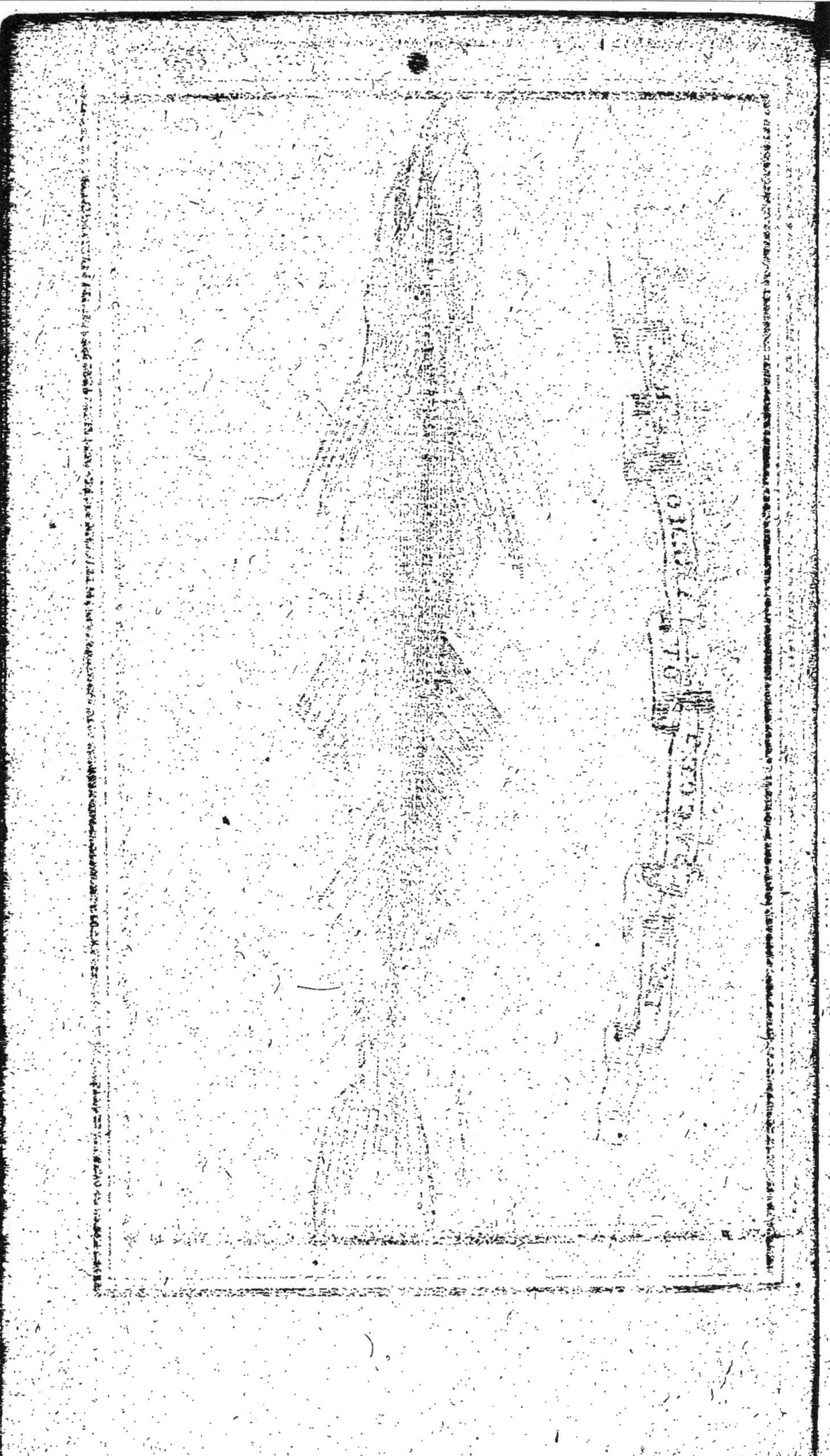

deux eſpeces, pour le moins, qui différent auſſi en grandeur & couleur ; mais qui ont à-peu près la même forme. Ils n'ont point d'écailles ; & leur peau eſt gluante & viſqueuſe comme celle des Anguilles. Ceux de la plus grande eſpece ſont communément longs de deux à trois pieds, & ont le dos d'un brun verdatre qui s'éclaircit un peu ſous le ventre. La longueur des autres ne paſſe pas celle des harangs, & l'atteint aſſez rarement. Ils ont le muſeau plus court, & la couleur moins obſcure. La chair des uns & des autres n'eſt pas ferme, mais d'un goût qui ne deplaît pas. Comme ils ſont pourvûs de beaucoup de nageoires, & qu'ils ſont d'une forme longue & menue, ils fendent auſſi l'eau comme une fleche fend l'air. Leurs dents ſont petites, arrondies par le bout, & ſi courtes qu'à peine les apperçoit-on. Il eſt très-certain que ces poiſſons s'attachent ſouvent aux Vaiſſeaux dans l'eau, & quand le nombre en eſt grand, il ne faut pas douter qu'ils ne ſoient en obſtacle à la courſe de ces édifices flotans, puis qu'ils les empêchent de couler légérement ſur les ondes. J'ai voulu parler exactement de ce petit Animal, parce que les autres ne l'ont pas fait. Pour le dire en paſſant, je me ſuis quelquefois étonné de la grande réputation que s'eſt aquiſe le fameux *Rondelet*, car lors que je l'ai consulté sur les choses que je connois bien, je l'ai toûjours trouvé fort defectueux & fort sec.

Nos occupations pendant le séjour que nous avons fait dans cette Isle, n'étoient pas fort importantes, comme on peut bien se l'imaginer ; mais encore falloit-il faire quelque chose. L'entretien de nos cabanes, & la culture de nos jardins occupoient une partie de nôtre temps. La promenade en faisoit une autre. Nous passions souvent au Sud de l'Isle, soit en la traversant, soit en en faisant le tour : & elle n'a aucun endroit que nous n'ayions visité plusieurs fois très-exactement. Il n'y a ni hautes montagnes ni côtaux dénuez de verdure, quoi qu'ils soient fort remplis de rochers. Le fond, qui est de roc, est couvert de deux ou trois, ou quatre pieds de terre ; & entre les pierres mêmes dans les endroits où il ne paroit point du tout de terre, il ne laisse pas de croître des arbres extrémement gros, grands, & droits. De loin, cela donne une idée de l'Isle plus avantageuse qu'elle ne le merite, parce qu'on la croit composée universellement d'un terroir excellent.

On peut aller par tout aisément, puis qu'il n'y a point ou très-peu d'endroits qui ne soient de facile accès, & qu'on rencontre par tout abondamment de quoi manger & boire. En quelque lieu qu'on se trouve, si on n'apn'apperçoit pas de gibier, il n'y a qu'à frapper sur un arbre, ou à crier de toute sa force, & le gibier qui entend ce bruit accourt incontinent, de sorte qu'il n'y a qu'à choisir, & à frapper sur celui que l'on veut avoir à coups de pierres ou à coup de bâton. C'a été le hasard qui nous a fait faire cette experience; parce que quand nous nous promenions ensemble, & que nous étant écartez dans les bois, nous nous trouvions obligez de crier fort haut pour nous rejoindre, nous étions tout étonnez de voir les oiseaux voler ou accourir de toutes parts pour se mettre à l'entour de nous. Alors la Providence nous disoit *Tuë & mange*, & nous n'avions qu'à battre le fusil & à faire du feu pour faire grand' chere. On trouve aussi par tout des Tortues; & pour l'air il est si doux & si temperé que l'on peut coucher sans crainte à la belle étoile. Mais si l'on veut, on se met aisément à couvert en faisant une espece de hute avec cinq ou six feuilles de ces Lataniers dont nous avons parlé.

Pour revenir à ce que j'ai commencé à dire de nos occupations; j'ajoûterai, sans Pharisaïsme, que nous avions tous les jours nos exercices de dévotion reglez. Le Dimanche, nous faisions à-peu-près ce qui se pratiquoit dans nos Eglises de *France*, parce que nous avions la Bible entiere, nos saints Cantiques, un ample commentaire sur tout le Nouveau Testament, & plusieurs Sermons de la vieille roche, qui étoient des Discours raisonnables. Si nous eussions crû passer là le reste de nos jours, ou y demeurer du moins fort long-temps, rien n'auroit empêché, ce me semble, que le plus sage d'entre nous n'eût été légitimement appellé par les autres à la charge du S. Ministere & que ces deux ou trois assemblez *au nom de Dieu* n'eussent pris la forme parfaite d'une vraye Eglise, & n'en eussent aussi reçû les particulieres consolations, telle qu'est celle de participer ensemble à la sainte Communion: & j'eus diverses fois la pensée d'en faire la proposition. Mais d'un côté je voyois tous mes Compagnons disposez à tenter bientôt, au péril de leur vie, tous les moyens imaginables de retourner dans le Monde habité. Et d'ailleurs, j'avois lieu de craindre qu'ils ne trouvassent dans ce dessein quelque sorte d'affectation qui ne leur auroit pas plû. Car dans les réflexions que nous faisions quelquefois sur la Religion, comme nous nous trouvions heureux d'être unis en un même esprit, sans cette fausse *sapience des Sages*, & cette pernicieuse *intelligence des Entendus*, & des *Disputeurs* & Novateurs *de ce Siecle*, qui ont causé tant de funestes partialitez, & tant d'autres désorſordres dans le Monde Chrétien; nous nous tenions extraordinairement ſur nos gardes, contre toute pratique, & contre toute idée, qui auroit ſemblé avoir du penchant vers la Superſtition, la plus dangereuſe & la plus fatale peſte du Chriſtianiſme. Le malentendu de ceux de la Communion Romaine, & de quelques autres, ſur le fait de la néceſſité du Baptême, devant être une leçon contre une ſemblable mepriſe, dans l'uſage de l'autre Sacrement, nous crûmes qu'il ne falloit point entreprendre une choſe dont la pratique n'eſt pas néceſſaire en elle-même, du conſentement de tous les Chrétiens qui vivent aujourd'hui. Nous trouvions une conſolation très-grande à nous tenir ainſi fermement retranchez dans cette pure & primitive Doctrine Evangelique, que tous nos Théologiens, ſans exception, diſent contenir l'Ame & l'eſſentiel de la Religion ſalutaire; ſans vouloir nous engager dans aucun examen qui nous entrainât vers la moindre Curioſité, ou Inutilité. Nous aimions, & nous répétions ſouvent ces beaux paſſages; *Je ne me ſuis rien propoſé de ſavoir, ſinon Jeſus-Chriſt, & icelui crucifié. C'eſt ici la vie éternelle, de te connoître ſeul vrai Dieu, & celui que tu as envoyé Jeſus-Chriſt. Si tu confeſſes le Seigneur Jeſus de ta bouche, & ſi tu crois en ton cœur que Dieu l'a reſſuſcité*

cité des morts, tu seras sauvé. Qui croit en moi a la vie éternelle. Quiconque invoquera le nom du Seigneur sera sauvé. Je vous ai annoncé TOUT LE CONSEIL DE DIEU, --savoir --*la repentance envers Dieu, & la Foi en Jesus-Christ. La Religion pure & sans tache envers nôtre Dieu & Pere, c'est de visiter les Orphelins & les Veuves dans leurs tribulations, & de se garder des souillures du Monde*, &c. Délivrez de cette Théologie accidentelle de controverses, contre des idées chimériques ou hérétiques, que nous regardions comme n'ayant jamais été, nous goûtions délicieusement l'excellence de la Religion simple & pure, déchargée de toutes superstitieuses puerilitez, de toute immondicité Scholastique; de toutes pensées vaines, ineptes, téméraires, & non moins pernicieuses à l'ame qu'à l'esprit. Nous abhorrions avec les Auteurs sacrez, ces faiseurs ou accommodeurs de Religion, qui ajustent à leur gré la Doctrine & le Culte divin, voulant être plus sages que la SAGESSE même. En simplicité & humilité de cœur, nous adorions Dieu nôtre Créateur, Pere, Fils, & S. Esprit, dans les termes, & dans les bornes de la Révélation, sans nous piquer follement de prétendre expliquer, ni déveloper aucun des MYSTERES, qui de l'aveu de tous, sont necessairement, & se-

seront toûjours aux hommes Mortels, des choses cachées, & impénétrables à leurs yeux, tant qu'elles seront Mysteres. Nous invoquions ainsi Dieu, avec joye & avec confiance (en tâchant à faire du bien) par la médiation de Jesus nôtre Redempteur, nôtre Pleige, & nôtre Rançon; le Chemin, la Verité, & la Vie. Et dans ces dispositions bien-heureuses, nous attendions paisiblement la mort, non comme un squelette afreux, mais comme une Messagere de bonnes Nouvelles.

Outre ces grandes promenades ou ces petits voyages dont j'ai parlé, nous ne manquions guére de prendre au soir le plaisir des petites promenades voisines. Nous en avions une entre autres sur le bord de la Mer, à la gauche de nôtre ruisseau, qui étoit parfaitement belle. C'étoit une avenuë naturelle, droite comme si elle avoit été plantée au cordeau, à une distance parallele de la mer, & longue d'environ douze cens pas communs, ce qui est justement la longueur du Mail de *Londres*, dans le beau Parc de *S. James*. Nous aurions pu l'étendre jusqu'à sept ou huit milles, si nous eussions voulu; & cela, sur un terrain ferme & d'un parfait niveau. D'un côté, nous avions dans ce bel endroit la vûë de la vaste étendue de la Mer, dont le flux, ou reflux perpetuel venant à se rompre contre les *Brizans* qui étoient à une lieüe de là, faisoit un murmure confus, qui n'étoit pas capable d'enterrompre nos conversations; seulement il nous jettoit quelquefois dans une rêverie à laquelle nous nous abandonnions d'autant plus volontiers, que nous avions peu de chose à nous dire.

De l'autre côté, dans l'Isle, de charmans côteaux, nous bornoient agréablement la vûe; & les vallées, qui s'étendoient jusques à nous étoient comme un beau verger dans la plus douce & la plus riche saison de l'automne.

Parmi le grand nombre, & la grande diversité d'Arbres que la Nature y a plantez, il y en a un admirable, & digne d'être particulierement observé, pour sa beauté, sa grandeur, la rondeur & la rare symmetrie de son magnifique branchage. Les extrémitez de ces branches sont par tout extraordinairement touffües; & ce gros & épais feuillage, retombe tout autour presque jusqu'à terre. De sorte que de quelque côté qu'on aborde de ce bel arbre, on ne peut apercevoir qu'une fort petite partie du bas de son tronc; quelquefois même, on n'en découvre rien du tout.

Le milieu de tout cela étant ombragé, comme on peut se l'imaginer, les branches sont en dedans comme des perches séches, qui semblent n'être là que comme une charpente

PAVILLON
Ar bre nouvel lemt. decou vert

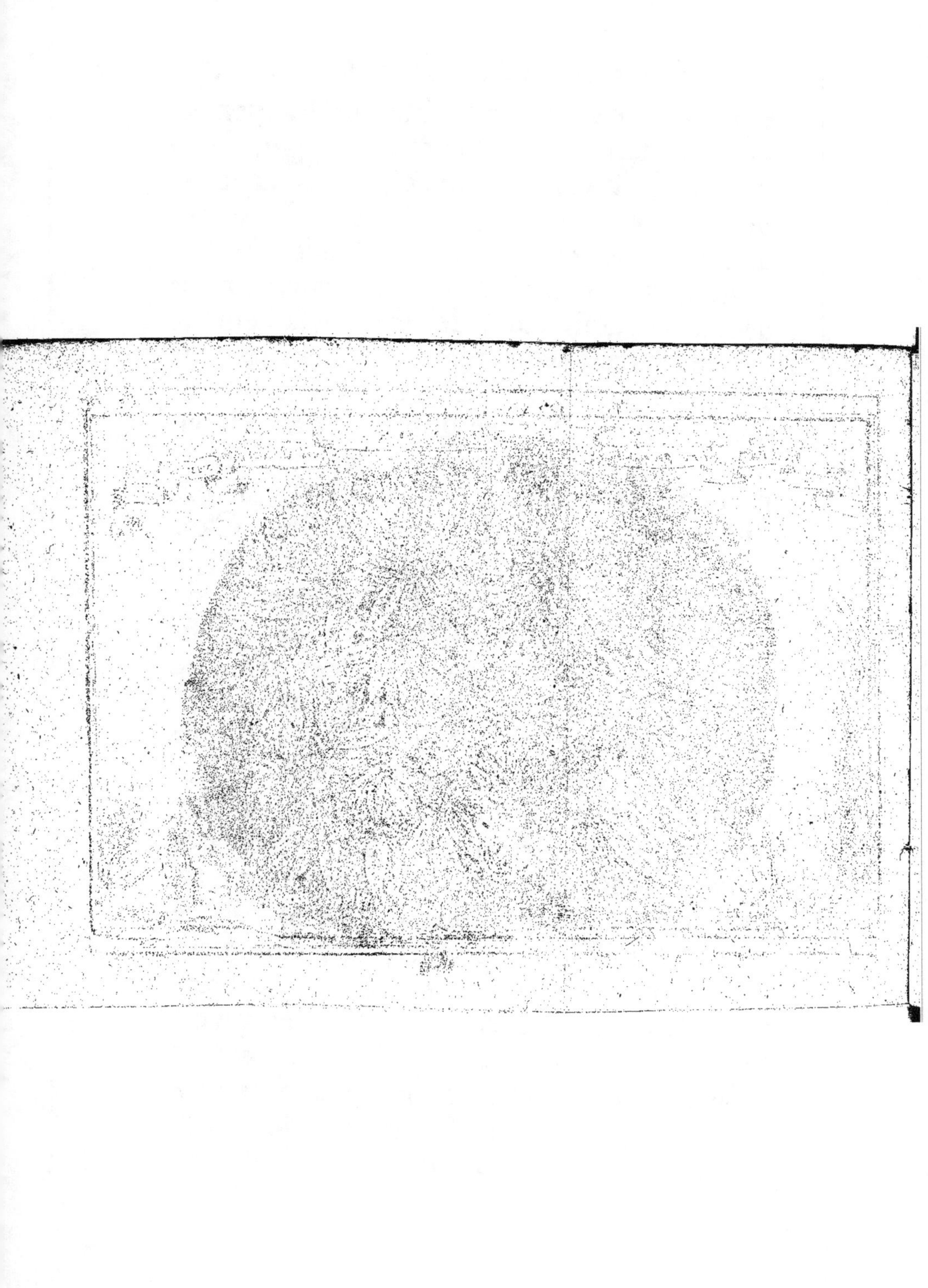

pente faite exprès pour soutenir les pennaches qui sont tout à l'entour, & pour former ainsi de l'arbre, une espece de cage ou de tente. A la verité, la plus grande beauté de cette tente est au dehors, où elle est toute charmante, mais l'abri & la fraîcheur du dedans ont aussi leurs délices. Malheureusement, le fruit de ce merveilleux arbre n'est pas bon à manger. Ceux d'entre nous qui ont eu la curiosité d'en goûter, l'ont trouvé âpre, & savent par expérience qu'il n'est pas non plus dangereux. Il a une odeur fort semblable à celle du Coin bien mûr. C'est une grappe dont les grains sont serrez; & le tout ensemble nous paroissoit quelquefois de loin comme le fruit de l'Ananas: ce qui fit qu'on s'accoutuma à donner à cet arbre le nom d'Ananas; quoi qu'il y ait une difference extrême entre ces deux Plantes. Pour moi, je le voulois nommer *Pavillon*. Les feuilles, d'un verd admirable, ont la queue si courte qu'elles paroissent être immédiatement attachées au bois. Les plus grandes ont quatre à cinq pouces de large par le haut, & finissent en pointe, leur longueur étant d'environ quinze pouces. Elles forment de gros bouquets, & laissent entrevoir ça & là les grappes, qui sont de diverses couleurs, selon qu'elles sont plus ou moins avancée. J'ai souvent fait le tour de ce Palais naturel, toûjours également ravi de sa grande & singuliere beauté.

Nous jouions quelquefois aux échecs, au trictrac, aux dames, à la boule, & aux quilles. La chasse & la pêche étoient un peu trop aisées pour y prendre un fort grand plaisir. Nous en trouvions quelquefois à instruire des perroquets, dont le nombre, comme je l'ai dit, est fort grand dans cette Isle. Nous en portâmes un dans l'Isle *Maurice* qui parloit François & Flamand.

On verra bien-tôt, que pendant la derniere année nous étions souvent occupez à la construction de la belle barque, dont il sera parlé. Et si l'on veut savoir avec quel secret nous chassions les ténebres quand nous en avions envie, j'ajoûterai que nous avions apporté des lampes, & que nous en faisions un fort bon usage avec de l'huile, ou graisse de nos Tortues, laquelle, comme je l'ai dit, ne se fige jamais. Nous nous servions de verres ardens pour allumer le feu.

Puis que nous avions chair & poisson à nôtre choix & en abondance; du rôti, du bouilli, des soupes, des ragoûts, des herbes, des racines, d'excellens Melons avec d'autres fruits; de bon vin de palme, & de l'eau douce & pure; le Lecteur n'a pas eû peur, sans doute de voir mourir de faim les pauvres Avanturiers de *Rodrigue*.

Mais

Mais puis qu'il a assez de bonté pour s'interesser un peu à leur extraordinaire état, je lui dirai plus, & je l'assurerai qu'ils faisoient une chere admirable, sans dégoût, sans indigestion, sans aucune sorte de maladie, graces au Seigneur, & sans pain. Le Capitaine leur avoit laissé deux grands barils de biscuit, mais ils ne s'en servoient que rarement pour faire des potages; & souvent ils n'y pensoient pas.

Nous avions déja demeuré un peu plus d'un an dans nôtre Isle nouvelle, lors qu'étonnez de ne voir paroître aucun vaisseau (car il faut dire toute la verité) quelques-uns de nous commencerent à s'ennuier. Ils regrettérent la perte de leur jeunesse, & s'affligerent dans la pensée qu'ils seroient peut-être obligez de passer les plus beaux de leurs jours, dans une étrange solitude, & dans une tuante faineantise. Aprés diverses déliberations, il fut donc presque unanimement conclu qu'aprés avoir attendu deux ans entiers des nouvelles de M. *du Quesne*, comme il avoit été premierement resolu, s'il n'en venoit point, on mettroit tout en œuvre pour tâcher d'aller à l'Isle *Maurice* qui appartient aux *Hollandois*, & où l'on peut s'embarquer pour aller où l'on veut, parce qu'il y a un Gouverneur, & qu'il y vient tous les ans des vaisseaux du Cap de *Bonne-*

Esperance. Cette Isle est à plus de cent soixante lieues de *Rodrigue*; grande traversée: mais comme on se mit en tête, & qu'il étoit en quelque maniere vrai qu'un vent regnant soufloit ordinairement de ce côté-là, il fut arrêté qu'on travailleroit incessamment à faire une barque du mieux qu'on pourroit, & que s'il y avoit quelque apparence qu'elle pût servir, on tenteroit de faire le trajet dans cette petite arche, après avoir imploré l'assistance de celui qui commande aux vents & à la Mer.

Cette entreprise parut très-difficile à ceux mêmes qui la formerent, mais non tout-à-fait impossible. Il falloit bâtir une barque assez grande, sans ouvriers intelligens, & avec peu d'outils: on n'avoit ni goudron, ni cordages, ni ancres, ni boussole, ni cent autres choses nécessaires; & près de deux cens lieües de mer étoient un grand voyage. Mille autres difficultez se présenterent à l'imagination des plus prudens, & leur firent apprehender que ce dessein n'eût pas un heureux succès. Mais ceux qui avoient formé le projet tenant ferme, il fut resolu qu'on se prépareroit à tenter cette voye, & que par maniere de divertissement on entreprendroit la construction d'une barque, au hasard de perdre sa peine. Aussi-tôt dit, aussi-tôt fait; nous devinmes tous huit en un moment sans

ſans aprentiſſage, charpentiers, forgerons, cordiers, matelots, & généralement tout ce qu'il fallut être. La neceſſité nous tint lieu de loi, ſuppléa à tout, & nous rendit induſtrieux dans nôtre beſoin. Chacun propoſoit ce qu'il croyoit être le plus propre & le plus avantageux; & on travailloit d'affection, en bonne intelligence, & avec plaiſir.

Nous avions entre autres inſtrumens, une grande ſcie & une petite. Avec cela, nous commençames par ſcier des planches, & nous nous ſervimes fort heureuſement d'une groſſe poutre de chêne, taillée en quarré, & longue de ſoixante pieds, que la Mer avoit jettée quelque temps auparavant ſur nôtre rivage. Si le Lecteur curieux demande par parentheſe d'où cette poutre venoit; je lui répondrai avec verité que je n'en ſais rien. Quoi qu'il en ſoit, la mer nous l'aporta & nous nous en ſervimes. Nous en fimes quelques bonnes planches; mais comme la grande Scie ne valloit rien; qu'elle rompit même trois fois, & qu'elle étoit maniée par des gens peu habiles, la plûpart de ces planches étoient d'épaiſſeur inégale, & par conſéquent très-malfaites.

Nous donnames à la Barque vingt-deux pieds de quille, ſix de largeur, & quatre de hauteur; & nous l'arrondimes par les deux bouts. Nous avions quelques clous; mais

mais *Jean de la Haye* qui étoit Orfevre, & qui avoit quelques instrumens en forgea, comme aussi quelques autres ferrements, de même qu'il avoit resoudé la Scie. Pour calfater, nous nous servimes de vieux linge, & de cette espece de jayet dont j'ai parlé qui nous tenoit lieu de goudron étant mêlé avec de la gomme que nous trouvions sur les arbres & que nous delayïons avec de l'huile de Tortue. Nous fimes diverses sortes de cordes avec des fils ou nerfs de queues de feuilles de Lataniers : & ces cordes étoient assez fortes, mais elles n'étoient pas souples, & ne se trouverent guére propres qu'aux manœuvres dormantes; parce qu'elles s'érailloient en peu de temps quand on les employoit aux manœuvres courantes. Au lieu d'ancre nous nous pourvûmes d'une roche dure qui pésoit autour de cent cinquante livres; & nous fimes une voile comme nous pûmes.

Chacun ayant ainsi contribué de toute son industrie, & les deux ans étant à-peu-près écoulez, on fit tant qu'on poussa la Barque dans l'eau, à force de bras & d'épaules.

Pour munition de bouche nous fimes boucaner du Lamentin. Nous remplimes d'eau douce les barils qui avoient déja servi à cela: nous primes le peu de biscuit, qui restoit, & nous nous fournimes de bon nombre de melons de terre & d'eau : ces derniers se

pou-

pouvant garder un assez long-temps.

J'ai dit avec verité que nous avions entrepris nôtre Gallion sans compter sur aucune boussole; mais dans la recherche que chacun fit de tout ce qui pourroit être de quelque utilité, l'un de nous rencontra un petit quadran solaire aimanté, qui lui avoit coûté trois sous à *Amsterdam*; & quoi qu'il ne fût pas bon, on se réjouït dans l'esperance qu'on en pourroit tirer quelque usage.

Quand la Barque fut en Mer on demeura tout surpris de voir qu'elle n'obéïssoit point au Gouvernail, & que pour la faire tourner il se falloit servir d'un Aviron.

Le jour du depart fut fixé au Samedi dixneuviéme d'Avril, 1693. la Lune étant à-peu-près dans son plein, la Mer devoit être haute, & il étoit par conséquen plus aisé de passer dessus les *Brisans*. Ce qui fut cause que nous ne choisimes pas le jour même du plein de la Lune, c'est que nous songions à profiter plus long-temps de sa lumiere.

Ces Brisans dont j'ai plusieurs fois parlé (pour dire en passant ce que c'est à ceux qui n'entendent pas ce terme) sont des rochers élevez dans la Mer comme une espece de muraille, dont l'Isle est environnée à inégale distance, excepté deux endroits, où il y a une ouverture de dix ou douze pieds, qui donnent deux accès vers l'Isle. On peut voir cela dans la carte.

Lors

Lors que nous arrivâmes dans l'Isle nous apperçumes sur l'écorce de plusieurs arbres les noms de quelques *Hollandois* qui y étoient descendus il y avoit quelques années, & qui y avoient marqué le temps de leur avanture; & cela nous donna la pensée d'en faire autant quand nous en partirions. Nous écrivimes donc l'abregé de nôtre histoire en François & en Flamand, marquant la date de nôtre arrivée, le temps de nôtre séjour, & celui de nôtre départ. Nous mîmes cela dans une phiole, avec un avis de regarder dedans; & nous plaçames cette bouteille dans une espece de Niche profonde, creusé dans le tronc du gros arbre sur lequel nous avions accoutumé de manger, & que nous savions être à l'épreuve des Ouragans.

Enfin, le jour qui avoit été marqué, & auquel mes jeunes compagnons aspiroient avec tant d'ardeur, étant arrivé; après avoir imploré le divin secours dont nous avions un si grand besoin, nous nous embarquames, sur le point de midi, avec nos provisions & nos hardes. Le jour étoit extrémement beau, & le vent favorable & quoique nous fussions fort mal en boussole, en gouvernail, en avirons, en cordages, en ancre, & généralement en tous les agrez de nôtre pauvre petit esquif, foible & mal construit; nous étions pourtant tout remplis de bonne espe-

rance

Math.
DOMINE SALVA NOS
25.

rance. On comptoit que si le beau temps continuoit, cette espece de Vent Alizé dont j'ai parlé, qui selon nôtre calcul fondé sur certaines choses que nous avions oüi dire en venant à nôtre Capitaine, & aux Matelots, devoit regner alors, nous porteroit en moins de deux jours & deux nuits à l'Isle *Maurice*.

Nous partîmes donc avec quelque sorte de joye & pleins du desir de nous retrouver bientôt parmi les habitans du Monde. L'Espace qui est entre les Brisans & l'Isle, fut traversé avec beaucoup de vitesse. Mais au lieu de chercher une des deux ouvertures qui est entre les rochers dont j'ai parlé, & de trainer la barque, ou par terre ou par eau, vers un des endroits dont l'issue est facile, on se fia trop à sa bonne fortune; on tenta de passer sans détour, & malheureusement on toucha. Comme nous voguions avec beaucoup de légéreté, nous ne sentimes presque pas le coup; nous crûmes que nous n'avions fait qu'effleurer l'écueil. Nous avançames donc environ cinquante pas au delà du *Brisant*, nous flatant d'avoir passé le plus grand danger; mais nous ne demeurames pas longtems dans cette erreur; car l'eau paroissant tout incontinent, & croissant à vûë d'œil, on s'écria qu'il falloit promptement retourner en arriére, & regagner terre. Cependant la pauvre nacelle se remplissoit, le gouververnail ne gouvernoit point, le vent nous pouſſoit au loin malgré nous, la frayeur achevoit de nous rendre inhabiles ; & j'avoue en mon particulier que je crus que c'en étoit fait. Dans ce preſſant & épouvantable peril chacun ſe peut repréſenter nôtre état. L'envie de vivre nous faiſoit faire quelques mouvemens encore, mais la verité eſt que nous perdimes tous la tramontane. L'un prétendoit vuider la barque, qui étoit preſque pleine, avec ſon chapeau ; l'autre s'amuſoit à quelque manœuvre également inutile ; & tous crioient, ou prioient en gens qui periſſent. Enfin pourtant, quelcun ſe ſervit ſi heureuſement d'une rame, que la barque vira à l'autre bord, & comme le vent étoit largue, il la repouſſa en quatre minutes de l'autre côté du briſant ; mais trente pas au delà de ce même briſant, vers l'Iſle, elle coula tout d'un coup à fond. Si ce malheur nous fut arrivé un demi-quart d'heure plûtôt nous aurions été perdus ſans reſſource ; mais n'y ayant en cet endroit qu'environ ſix pieds d'eau, comme la barque ne ſe renverſa pas, nous nous trouvames tout debout ſur le pont, ayant l'eau juſqu'à la ceinture. Heureux dans cette diſgrace, de ce que le briſant qui nous briſa fit une ouverture ſi grande à la pauvre chaloupe, qu'on vit entrer l'eau d'abord, & en quantité, car ſi le mal

mal ne se fût pas ainsi manifesté promptement & visiblement, nous eussions continué nôtre route, & nous aurions infailliblement peri. Nous étions cependant fort desagreablement plantez dans l'eau sur nôtre bout de pont, quoique la mer commençât à descendre, & que nous ne fussions qu'à une demi lieüe de terre; & nous ne savions quasi à quoi nous resoudre. Il fut conclu après y avoir un peu pensé, que nous prendrions encore patience, jusqu'à ce que l'eau se trouvât à une hauteur telle que nous pussions gagner la terre en tirant nos coffres flottans & attachez ensemble.

Cela fut exécuté, mais non sans essuyer de très-grandes fatigues: car il fallut faire plusieurs voyages, quelquefois dans l'eau jusqu'au cou, le fond étant inegal; & souvent même il falloit nager, & tirer les cofres en nageant avec une corde attachée à la ceinture. Comme nous nous étions entierement dépouillez, pour nous mieux sauver à la nage, les pierres aigües & tranchantes, nous mettoient les pieds tout en sang: & pour comble de chagrin, nous perdions toûjours quelque chose que les courants nous emportoient. Cependant, nous sauvames le même jour la plus grande partie de nos meilleures hardes, & nous mîmes hors de la barque sur le sable, les choses pesantes que la mer ne pouvoit

pas

pas emporter, & que nous ne pouvions pas facilement entrainer alors ; dans le dessein de les venir prendre le lendemain, & de les ramener avec la pauvre chaloupe. Nous l'attachâmes avec des cordes à des pointes de rochers. Et nous regagnames ainsi l'Isle avec beaucoup de joye & beaucoup de tristesse ; éprouvant par une cruelle & par une heureuse experience que les biens & les maux sont enchaînez ensemble.

Le lendemain dès la pointe du jour nous allames radouber grossierement la barque, & après que le flot eut un peu monté, nous la ramenames à terre avec tout ce que nous avions laissé. Chacun perdit quelque chose dans ce naufrage, & les hardes furent généralement gâtées ; mais nos vies ayant été conservées comme par miracle, nous en rendîmes nos très-humbles actions de graces au bon & puissant Protecteur qui nous avoit accordé son secours.

Cependant, l'un de nous, qui paroissoit le plus fort & le plus vigoureux de tous, se trouva extrémement incommodé de la grande fatigue qu'il avoit eue. En arrivant à terre, nud & transi qu'il étoit, il s'étendit de son long sur le sable, que les rayons du Soleil échaufoient extraordinairement. Il crut d'abord qu'il ne lui falloit qu'un peu de repos : mais son visage devint peu de temps après

après rouge comme de l'écarlatte : il ſentit une grande peſanteur de tête, & ſon mal augmenta de moment en moment. Nous le menames dans ſa cabane, quoi qu'à grand' peine: & comme il étoit d'une complexion vigoureuſe, il réſiſta trois ou quatre jours avant que de ſe mettre tout-à-fait au lit; mais enfin il falut ceder. La tête lui enfla, & elle apoſtuma de tant de côtez qu'à peine pouvoit-on ſuffire à faire aſſez d'ouvertures pour en faire ſortir le pus. Nous eumes d'abord quelque regret de ce que nôtre ſcelerat de Capitaine ne nous avoit laiſſé ni onguens, ni autres drogues, comme je crois l'avoir deja dit. Mais après avoir conſideré, d'un côté, que nous n'étions pas capables de bien adminiſtrer ces choſes-là, quand même nous les aurions eües, & nous ſouvenant d'ailleurs, que tout bien compté, ce qu'on appelle Medecine, & Pharmacie, dans la pratique ordinaire, n'eſt qu'une forfanterie beaucoup plus pernicieuſe qu'utile au genre humain, nous nous conſolames fort aiſément. Il fut pourtant mis en queſtion ſi on tâcheroit de ſaigner le Malade, ou ſi on ne le feroit pas? Les uns criérent qu'il mourroit dans l'opération, ſi on lui ôtoit une ſeule goutte de ſang: les autres criérent beaucoup plus haut, qu'il expireroit avant qu'il fût trois minutes, ſi on ne

le

le ſaignoit pas. Et dans ce moment-là il n'y a perſonne qui ne nous eût pris pour de vrais Médecins. Nous n'en vinmes pourtant pas des paroles aux coups de poing; & comme de ſept voix, il y en eut quatre pour la ſaignée, il ne fut pas néceſſaire de tirer au court-fêtu pour réſoudre la queſtion, ce qui eſt l'unique moyen de déciſion, quand il y a contrarieté d'opinions entre les ſacrez Miniſtres d'*Eſculape*. Le plus hardi des quatre *Phlébotomes* aiguiſa donc le mieux qu'il put la pointe de ſa ſerpette, ou de ſon canif, & en inciſa en pluſieurs endroits le bras du pauvre mourant; mais ce fut en vain de toute maniere. La fievre augmenta, & le tranſport s'étant fait au cerveau, il tomba en delire, & y demeura pendant quelques jours. Nôtre unique recours fut donc au grand Médecin du Corps & de l'Ame, comme il l'avoit été dès le commencement. Avant la fin de ce rude combat, nous eûmes la conſolation de voir nôtre cher Frere rentrer dans ſon bon ſens, & nous donner toutes les plus certaines, & les plus édifiantes marques d'une Repentance ſincere, d'une ſainte eſperance, & de ſon Salut. Enfin, il rendit ſon Ame à Dieu, le 8. Mai, mil ſix cens quatre vingt treize, après trois ſemaines de Maladie, âgé d'environ vingt neuf ans. Et ainſi mourut en *Iſaac Boyer*, la

A' L'OMBRE DE CES PALMIERS IMMORTELS,

Dans le Sein fidele d'une Terre vierge,
Ont été pieusement déposez

LES OS

D'ISAAC BOYER,

HONNETE ET FIDELE GASCON DESCENDU D'ADAM.

D'un Sang aussi Noble qu'aucun des Humains ses Freres;
Qui tous, comptent, à coup sûr, entre leurs Ancêtres,
DES EVEQUES ET DES MEUNIERS.

❁

Si tous les Hommes vivoient comme il a vécu;
La Danse, la Dentelle, les Sergens, les Serrures,
Les Canons, les Prisons, les Maltotiers, les Monarques
Seroient des choses inutiles au Monde.

❁

Plus Philosophe que les Philosophes, Il étoit Sage.
Plus Théologien que les Théologiens, Il étoit Chrétien.
Plus docte que les Docteurs, Il connoissoit son ignorance.
Plus indépendant que les Souverains,
Il n'avoit ni Peste de Flatteurs, ni Yuresse d'Ambition.
Et
Plus riche que les Potentats, il ne lui manquoit rien
Qu'une FEMME.

❁

Dans le temps d'exécrable mémoire
Qui fait frémir ma plume d'horreur,
IL FUT CONTRAINT D'ABANDONNER SA CHERE PATRIE,
ET TOUT AVEC ELLE;
Pour
Se dérober aux
MINISTRES FURIEUX DE LA GRANDE TRIBULATION.

Il traversa, en fuyant, les Monts & les Mers;
Et venant échouër dans cette Isle,
Il y trouva le vrai Port de Salut.

❁

Lui, & sept Compagnons de même Fortune,
En ont été deux Ans entiers,
PEUPLE ET DOMINATEURS.

Il auroit plus longtemps joui
Des Delices de ce Nouveau Monde,
Si le secret désir de son cœur
Pour
LE SEXE TROP AIMABLE,
Ne l'eût pas engagé dans une entreprise
Qui lui causa la Mort.

❁

Il lutta vaillamment avec cette terrible Ennemie,
Et fut Victorieux;
Puis qu'en même temps qu'il céda la terre à la Terre,
Et qu'il procura l'honneur à l'Isle RODRIGUE
De
Pouvoir rendre au Seigneur un Ressuscité bienheureux;
SON AME
Alla glorieusement triompher,
Dans
LE PALAIS DE L'IMMORTALITE'.

❁

Ses Jours courts & mauvais
N'ont été, tout au plus, que
DIX MILLE SIX CENS.
Et
Celui de son dernier adieu au Monde,
Fut le huitieme du mois de Mai: l'An de nôtre Redemption.
*** M. DC. XCIII. ***

QUI QUE TU SOIS, PASSANT, QUI LIRAS CECI,
Souvien toi que
TU MOURRAS BIENTOT.
ET
Profite du Temps.

A. ❁ Ω.

la huitieme partie des Rois & des habitans de l'Isle *Rodrigue*. Afin qu'il vous revienne, Lecteur, quelque Monument de ce nouveau Monde, vous lirez, si bon vous semble, l'Epitaphe que j'ajoûte ici.

Le deuil que nous eûmes de la privation d'un Ami qui nous étoit cher & nécessaire, non plus que le mauvais succès de la premiere entreprise, n'empêcha pas qu'on ne songeât encore à sortir de l'Isle. Ces jeunes gens avoient, comme dit Horace, *un cœur de chêne & de bronze, qui leur faisoit librement exposer leur vie dans la plus fragile de toutes les barques*, & braver témerairement la rage des vens. Ils persisterent donc opiniâtrement dans leur premiere résolution, & ajoûterent aux raisons fondamentales alleguées dès le commencement, qu'on profiteroit du malheur qui étoit arrivé, & qu'on prendroit de meilleures mesures. Ils dirent qu'ils fortifieroient la barque en la réparant; qu'ils planteroient des balises pour s'assurer d'une meilleure route; & qu'ils partiroient à l'heure de la plus haute mer pour n'être pas exposez au peril de toucher les *Brisans*, sans s'amuser à chercher d'autres issuës, supposé qu'on ne pût pas suivre exactement le chemin des Balises.

Je trouvois aussi-bien qu'eux, quelque chose de désagréable à se voir confiné pour le reste de ses jours dans une Isle des *Antipodes*; mais il ne me sembloit pas qu'une misérable Gondole comme étoit celle qu'ils avoient fabriquée, fût capable de faire un si grand trajet; & sur tout n'ayant pas les équipemens nécessaires. Aussi m'étois-je beaucoup opposé à l'exécution du premier dessein. Quelque resolus qu'ils me parussent à partir une seconde fois, je les priai donc, avec les expressions de la plus grande douceur, de faire un peu plus de reflexion à ce qu'ils alloient entreprendre, & de peser bien tout. Pour ne les pas effaroucher d'abord, je commençai par loüer en quelque maniere leur courage, & je consentis à leurs meilleures raisons. Mais je les conjurai aussi de considerer que ceci étoit une affaire de la derniere importance, & pour le Corps & pour l'Ame. Que ce seroit un second miracle, si nous ne faisions pas un second naufrage; & qu'alors, des reproches assez semblables au desespoir, seroient comme inévitables à des gens qui auroient voulu tenter Dieu. J'ajoutai que l'expérience nous devoit avoir rendus plus sages qu'auparavant; qu'il en avoit déja coûté la vie à un de nos compagnons; & que nous devions regarder cette triste avanture, comme un avertissement de la Providence, & une manifestation de la volonté de Dieu, à qui nous avions de-

man-

mandé, avec jeûne & résignation, qu'il lui plût de nous inspirer ce que nous aurions à faire. Je leur dis encore que puis qu'on ne nous avoit promis de venir à nous qu'après deux ans accomplis, il étoit à propos d'attendre un peu au delà de ce terme; que peut-être, le secours étoit en mer, & qu'il pourroit venir, dans le temps même que nous serions le déplorable jouët des Ondes, si nous n'avions pas déja été la pâture des Monstres Marins. Qu'au reste, puis que nous étions dans un bon lieu, nous pouvions d'autant plus aisément patienter encore; & cependant, avoir recours à un moyen raisonnable auquel personne n'avoit pensé, qui étoit d'allumer de grands feux sur quelques hauteurs, & d'élever divers fanaux autour de l'Isle, pour convier les Vaisseaux passans à venir à nôtre secours. Nôtre cotton de Latanier, & nôtre huile de Tortue, rendoient l'exécution de ce dessein facile; & nous avions de la toile pour environner les fanaux, & en faire une espece de lanterne s'il eût été nécessaire.

J'aurois eu mille choses à alléguer encore, si j'avois eu à faire à des gens mûrs, & bien revenus de la folie du Monde: car tout bien compté, qu'y a-t-il de pareil à la douceur, à l'innocence, à tous les avantages, & à toutes les delices de la Solitude, dans un Paradis terrestre comme étoit le nôtre? Que peut-on imaginer de plus heureux, après avoir gémi & souffert, sous le joug de la Tyrannie, que de vivre dans l'indépendance, & dans l'aise, hors des dangers & des tentations du Monde? Mais quand on est jeune, on n'est pas capable de ces réflexions. Je finis donc ma harangue, en leur représentant encore la longueur du voyage, la foiblesse du vaisseau, le mauvais assortiment de tous les agrez; tout cela joint à la raison de nôtre incapacité. Ils m'écoutérent patiemment, il me sembloit que plusieurs étoient ébranlez, lors que l'un d'entre eux que le bât blessoit, comme on dit, en un endroit à quoi je ne pensois pas, allégua brusquement une nouvelle raison pour partir, laquelle se trouva si fort du goût de presque tous les autres, qu'on en fit le seul sujet d'un nouveau discours; & que tout mon plaidoyer fut comme oublié. *Est-ce que vous vous imaginez*, dit ce jeune homme, *que nous voulions nous condamner nous-mêmes à passer toute nôtre vie sans* FEMMES? *Pensez-vous que vôtre Paradis terrestre soit plus excelent que celui que Dieu avoit preparé, & enrichi pour* Adam, *où il prononça de sa propre bouche* QU'IL N'ETOIT PAS BON QUE L'HOMME FUT SEUL? Mon cher ami, répondit quelcun, *la femme d'Adam fit une si belle besogne, qu'il ne nous sauroit arriver pis,*

pis, que d'avoir une pareille Ouvriere ici. On se mit à rire, & le chapitre des Dames, dont je ne pense pas que nous nous fussions encore entretenus, devint, comme on dit, l'Evangile du jour : de l'abondance du cœur la bouche parla. Il ne me fut pas difficile de voir où gisoit le lievre, (si je puis ajoûter proverbe à proverbe) & sous le regne des quolibets, quelque Bel-esprit auroit pu dire sûrement ici, qu'il n'y avoit pas un de mes Avanturiers qui n'eût beaucoup mieux aimé *Chimene* qu'il n'aimoit *Rodrigue.* Celui de la compagnie qui étoit le plus moderé, (on peut bien commencer à l'être quand on a été rafraichi par cinquante & je ne sai combien d'hyvers) prit son sérieux du mieux qu'il put ; & comme le fait du Mariage & des Femmes, est une affaire fort problématique, il y en eut plus d'un qui demeurérent assez d'accord avec lui des inconvéniens du ménage. On dit qu'il y avoit une sorte d'incompatibilité entre un éternel esclavage, & le juste & naturel amour de la Liberté. Que c'etoit une résolution étrange, que celle de se soûmettre volontairement à une servitude sans fin : & que si tous les Animaux étoient nez, avec un désir de se joindre, la Nature ne les avoit pas mis pour cela dans les fers. On allégua les Soucis & les tribulations dont parle *S. Paul.* On ajoûta que la beauté des

Femmes n'étoit pas beaucoup plus durable que celle des fleurs. Que les douceurs dont on se flattoit le plus avec elles, n'avoient guére de solidité ; & qu'après tout, cette juste devise des gens mariez subsistoit toûjours, *Pour un plaisir, mille douleurs.* Que malgré toutes les précautions qu'on tâchoit de prendre, on se trouvoit souvent associé avec des harpyes & des infidelles ; & que la rage de la jalousie avec tous les autres malheurs qui l'accompagnent, étoient souvent un fruit du plus grand Amour. Ces *Rioteuses* & ces *Goutieres* importunes dont parle *Salomon* ne furent point oubliées ; non plus que les fameux passages des chapitres XXV. & XLII. du beau Livre de l'*Ecclesiastique*, où il est dit que *Toute malice est petite *** & Toute méchanceté supportable, pourvû qu'on en excepte la malignité de la Femme : & que l'iniquité de l'Homme vaut mieux que la Femme qui fait du bien*, ou, *que la bonté de la Femme*, comme il y en a d'autres qui l'ont traduit. On considéra encore qu'après tout, si l'union avoit été grande entre deux Epoux, chose qui à la verité n'étoit pas inouïe, la douleur d'une inévitable séparation devoit être plus cuisante & plus amere.

Comme le texte est abondant, il donna lieu à diverses autres réflexions contre le Sexe, dont je ne fatiguerai point ici les oreil-

oreilles des Dames qui voudront bien porter leurs beaux yeux sur ma Rélation.

Un des plus jeunes dit sur tout cela, d'un air modeste & agréable, qu'il ne croyoit pas que personne de la Compagnie songeât pour le présent, ni au Mariage, ni à la débauche; mais qu'effectivement il étoit bien dur de se voir nécessairement privé pour jamais, de la compagnie des Femmes; & d'autant plus, que Dieu même en avoit ordonné d'une autre maniere dès le commencement, comme cela avoit été dit. Que tout le mal qu'on disoit d'elles, en général, lui paroissoit très-injuste; & que pour lui, il les regardoit comme la plus aimable Moitié du Monde.

Il est à vôtre choix, Lecteur, de lire ou du doit, ou des yeux, les suites de cet Entretien. Quand une fois la matiere eût été mise en mouvement, nos jeunes gens, qui ne manquoient pas d'esprit, dirent en divers temps, d'assez jolies choses que je mets ici ensemble d'autant plus volontiers, qu'il me semble que ces sujets-là ne sont jamais trouvez desagréables.

Ce n'est pas assez, interrompit d'un ton haut, celui qui avoit demandé des *Eves* pour les *Adams* de nôtre nouvel *Eden*; les Femmes ne sont pas seulement la plus aimable moitié du Monde, elles en sont la meilleure partie. (Comme il a l'esprit vif, ses expression sont aussi quelquefois un peu vigoureuse.) C'est une chose honteuse aux Hommes, *continua-t-il*, d'avoir parlé des Femmes comme quelques uns l'ont fait ; & leurs folles injures me sont insuportables. S'il y a de méchantes Femmes, le nombre des Hommes scélerats est incomparablement plus grand. S'il y a des Femmes impudiques, ç'a été certainement par les infames persécutions des hommes qu'elles ont été corrompues. Et quiconque a dit & pensé que *les méchancetez des Hommes sont préférables aux bonnes actions des Femmes*, a dit une chose si outrée, & si impertinente, qu'elle ne mérite pas d'être réfutée. Personne ne nie qu'il n'y ait des Femmes *rioteuses*, & des Femmes *goutieres*, puis qu'il faut qu'on se serve d'un si beau mot ; Mais qu'est-ce que cela conclut en faveur des hommes querelleurs & méchans? Et quelle conséquence en veut-on tirer contre les Femmes sages & vertueuses dont parle le même Salomon ; contre ces dignes FEMMES, qui selon lui, sont le BONHEUR, la JOYE, & la COURONNE de leurs Maris ; un DON de Dieu, & une FAVEUR du Ciel? Contre ces Femmes excellentes que Saint *Paul* dit être la GLOIRE de l'Homme, & dont la premiere a été le Chef d'œuvre & le Couronnement de la Création?

Disons avec assurance que la volonté positive,

ſitive, & la deſtination certaine & manifeſtée du Maître du Monde, a été que tous les Deſcendans d'*Adam* euſſent chacun leur Aide ſemblable à celle qui avoit été faite exprès pour leur premier Pere. Ces *Continens* dont parle ſaint *Paul*, ſoit que leurs macérations ayent vaincu ou accablé la Nature, ſoit qu'étant nez d'un temperament qui les rend des Monſtres, c'eſt-à-dire, des Animaux dont la conformation eſt contraire à l'ordre de cette même Nature; Ces gens-là, dis-je, ſont des eſpeces particulieres, & ſi rares, que les Loix ne ſont pas faites pour eux. FOISONNEZ ET MULTIPLIEZ. IL N'EST PAS BON QUE L'HOMME SOIT SEUL. L'HOMME QUITTERA SON PERE ET SA MERE, ET SE JOINDRA A SA FEMME. Voila les Oracles prononcez dès le commencement du Monde: voila les Loix primitives & indiſpenſables qui devroient être profondément gravées ſur le marbre & l'airain, & qu'il faudroit transmettre en caracteres d'or à la Poſterité, dans toutes les Républiques bien policées. Je dis des Loix; & non ſimplement un pouvoir accordé, qui laiſſe l'homme dans la liberté de ſe conduire à ſon gré, ou ſelon ſon caprice. La premiere *Eve*, n'a point été faite pour demeurer vierge, mais POUR DEVENIR MERE, & pour commencer à peupler le Monde : & les *Eves* des siecles suivans ne nous sont données, telles qu'elles sont, que POUR PERPETUER L'OEUVRE DE LA CRÉATION. S'il y a quelque espece d'hommes, qui semblables à ces vils Insectes dont quelques uns parlent, naissent de boüe & de corruption ; que ces sortes de gens, fassent bande à part, à la bonne heure ; & qu'ils croupissent tant qu'ils voudront dans la fange & l'ordure de leur origine. Mais ce n'est pas ainsi que s'immortalise la Noble Race des Enfans d'*Adam*. L'Homme seul, & la Femme seule, ne sont chacun, à proprement parler, qu'une partie d'eux-mêmes : ce sont deux moitiez qui font ensemble un Tout. Avec quelle injustice & quelle cruauté tiendroit-on dans la séparation & dans la langueur, ces deux portions incompletes qui cherchent si naturellement à s'unir, & qui sont destinées à l'union par la Sagesse Eternelle ? Concluons donc, mes chers Compagnons, que les FEMMES sont tout ensemble ce qu'il y a de plus beau, de plus aimable, & de plus necessaire au Monde ; & qu'on doit trouver un contentement indicible à les aimer, & à en être aimé ; ainsi qu'à voir naître, & à élever les gages qu'elles nous donnent d'un mutuel amour. Qu'on donne tant qu'on voudra les noms odieux,

odieux, de joug & de fers à la douce union de deux cœurs; mais souvenons-nous qu'on ne s'ennuye jamais de posseder ce que l'on chérit; qu'on ne trouve point de fâcheux esclavage à garder long-temps son Thrésor. Ici, nôtre triste & imparfaite Societé n'a ni ressource ni appui. Nous mourrons, & nôtre Isle demeurera déserte. Le dernier qui mourra, n'aura personne qui l'assiste & qui le console; & son cadavre n'aura d'autre sépulture que le ventre de ces vilains Rats qui semblent déja nous vouloir devorer tout vifs. Un peu d'eau le soulageroit peut-être dans son lit de langueurs, mais sa foiblesse ne lui permettant pas d'en aller chercher; il se verra consumer d'une ardeur sans remede, & toutes ses détresses seront extrêmes. Sauvons-nous donc pour aller former quelque Societé plus heureuse. Nous avons des Philosophes qui aiment, disent-ils, leur liberté; hé bien, qu'ils en jouïssent; l'Isle est à eux, qu'ils demeurent libres dans ces forêts. Je ne pense pas qu'aucune Nymphe y vienne troubler les plaisirs de leur vie contemplative. Pour nous, allons nous soûmettre à l'agréable joug (puisque c'est un joug) au joug aimable de celles dont les charmes vainqueurs doivent être preferez, selon mon sentiment, à la plus douce huile de nos Tortues. Mais nous perdons le temps ; c'eſt aſſez diſcouru ; ſuivez moi, mes Amis, & ſongeons au plûtôt à ce que nous devons faire pour partir d'ici.

En effet, on ſe leva bruſquement ; & comme ſi la queſtion eût été décidée par un Oracle, on ne parla plus que de radouber la barque, & de préparer les choſes néceſſaires pour le départ. Je fis pourtant quelque propoſition nouvelle qui tendoit à gagner du temps, mais on ne m'écouta point ; & il fut réſolu qu'on ſe rembarqueroit le jour de la pleine Lune prochaine.

Comme il ne me pouvoit guére arriver pis que de vivre & de mourir *ſeul* dans une Iſle de l'autre Monde, je me réſolus, non ſans balancer, à partir avec eux. Le jour marqué étant venu, nous fîmes donc nos derniers adieux à nôtre Iſle charmante, & qui pis eſt, à nos vrais & nobles Titres D'HOMMES LIBRES, pour devenir bientôt le jouët & la proye d'un chetif Tyranneau.

J'ai dit que la veille de nôtre premier départ, nous avions laiſſé un petit Monument dans un vaſe, pour informer de nos avantures ceux qui pourroient quelque jour deſcendre dans l'Iſle après nous. Mais comme cela étoit fort court, & ne contenoit que des choſes générales, il me prit envie, avant le ſecond départ, d'ajouter quelques particucularitez dans un petit Ecrit dont je ne ferai pas difficulté de joindre ici la copie, parce que si le Lecteur trouve que cela interrompe le fil de l'histoire qu'il cherche, il lui sera fort aisé de tourner le feuillet, comme je l'en ai une autre fois averti.

CHER AVANTURIER,

Lis, si tu veux, ce fragile & léger Monument.

FRANCOIS LEGUAT,

Qui trace maintenant ces Lignes de sa propre main,
Est né, & a été honorablement élevé.
Dans la bonne petite Province de Bresse,
Que nos Prédecesseurs appelloient le Païs des Sebusiens il y a MM. ans.
C'est une Péninsule feconde,
Formée par le Rhône & la Saone,
Et favorisée des plus bénins Aspects du Pere de la Nature.
Là, je vivois innocemment en Prosperité, & en Paix,
Lors qu'une éruption de Bêtes féroces,
Qui sortirent du Puits de l'Abysme,
Comme un Vomissement enflammé
Tombe impétueusement de l'épouventable Vésuve,
Vint cruellement saccager mon Habitation.
Incontinent après, un Ouragan m'enleva tout d'un coup,
Et me transporta avec plusieurs de mes Compatriotes,
Dans la REPUBLIQUE bénite du Ciel,
Qui s'est renduë célébre par tout l'Univers,
Sous le nom de

HOLLANDE.

A peine commençois-je à revenir de l'étonnement où j'étois,
Qui me sembloit avoir été causé par un Songe,
Lors qu'une Voix m'appella
De dedans un Vaisseau prêt à faire Voile.
J'y courus,
Et après une longue & dangereuse Navigation,
Je fus amené dans cette Isle, avec mes Compagnons,
De qui les Noms ne te sont pas inconnus,
Et l'un desquels est parti, il n'y a qu'un moment,
Pour sa véritable Patrie.
Nous avons vû dans ce délicieux Séjour,
Deux entieres Révolutions d'Années,
Qui m'ont paru comme un petit Siécle d'Or;
A moi, qui dans l'âge des Réflexions,
Ne souhaitte plus rien que le vrai Nécessaire.
Mais, mes Compagnons, qui ne faisant encore qu'entrer au Monde,
N'en connoissent pas le néant,
Crient qu'ils veulent des Femmes.
DES FEMMES! disent-ils, l'UNIQUE JOYE DE l'HOMME!
Et LE CHEF-D'OEUVRE DU CREATEUR!
Le feu couvé de leur Imagination s'allume,
Ils veulent des Femmes.
Et voila un chétif Pont-volant qu'ils ont fait,
Pour aller chercher leur Souverain-bien.
Il faut donc, ou que je demeure seul,
Ou que l'Impétuosité du Torrent m'arrache de mon repos,
Et m'entraine au milieu de mille Dangers.
Plains mon Sort, je te prie,
Cher confident de mes Avantures!

Et

Et que jamais autre mal ne t'arrive,
Que celui que je te voudrai faire!
Au reste,
Je n'ai pû te laisser ce Mémorial.
Dans une Langue qui fût plus universelle, & plus honorée,
Que l'est celle de la glorieuse & redoutable France,
Ma chere & désolée Patrie.

Fait au Palais des huit Rois de RODRIGUE,
Le vingt & unieme jour du Mois que nous appellons Mai.
Et l'An que le Peuple Chrétien, Successeur de l'Israëlite,
Compte être le Mil-six-cens-quatre-vingt-treizieme,
Après la venue du Messie.
L'An quatrieme du Regne
Des Très-Sages, & Très-Puissans Princes,
GUILLAUME ET MARIE,
Les Défenseurs de la Foi;
Les Restaurateurs de la Religion,
Et de la Liberté, que l'Europe voyoit ébranlée.
L'An du Monde qu'aucun vrai Savant
N'aura jamais la témérité de prétendre marquer.

TOI,

PETITE ISLE AIMABLE!

Que je rendrois fameuse entre les Isles de l'Orient,
Si mon Pouvoir répondoit à mes Vœux;
Ma bouche te dira de l'abondance du cœur,
Que mon Ame est émuë d'un triste regret,

Lors

Lors que je me voi prêt à quitter ton Air Salutaire;
Ton bon Vin de Palmes; tes excellens Melons;
Tes Solitaires; tes Lamentins;
Tes Côteaux toûjours Verdoyans;
L'Onde pure de tes Ruisseaux;
Ton fécond & riant Soleil;
Et toutes tes innocentes, & rares Délices.
Que dirois-je du précieux Thrésor de ta Liberté?
Tu ne seras plus appellée Stérile,
Puisque tu nous as abondamment nourris de Mets très-exquis;
Et qu'au Jour du Rétablissement éternel,
Un nouvel ISAAC qui a été semé en corruption dans ta terre,
Y renaîtra en Immortalité, & en Gloire.
O! ISLE TRES DE'SIRABLE ENTRE LES FILLES DE L'OCEAN!
Que des choses bonnes & loüables puissent être dites de toi!
Qu'un Peuple plus sage, & plus heureux que nous,
Puisse un jour cultiver, avec joye, ton fertile terroir!
Et jouir, sans interruption, de toutes tes naturelles Richesses!
Que ce Peuple se multiplie!
Qu'il prospere sans trouble, & sans alarmes!
Et que nul Successeur au Gouvernement,
Ne se dise jamais Héritier de tes Habitans,
Ni n'en devienne l'Ennemi & le Destructeur!
Que jamais Roi, ni Viceroi, ne succe ton Sang,
Ni ne ronge tes Os!
Que le Ciel te garde de tout Juge inique!
De tout prétendu Distributeur de Justice,
Qui préside sur le Siege de la Discorde, de la Rapine, & de l'Iniquité!
Que le Ciel te garde de l'Orgueil des Grands,
Et de l'Yvresse des Enrichis!

Que

Que le Ciel te garde à jamais,
De la pernicieuse engeance de tout Animal,
Qui, sans Sagesse, sans Vertu, sans Cœur, & sans Honneur,
Se prétend glorifier du beau nom de Noble!
Que jamais clameur de Pauvre en détresse,
Ne soit ouïe entre tes Rivages!
Que jamais Ambassadeur gueux
Portant sur ses Epaules
Le malheureux Train crotté qui semble le suivre,
Ne fasse pitié à tes Peuples!
Que jamais, ni méchant Hérétique, ni sot Orthodoxe,
Ni Religieux Scélerat,
Ne troublent ta Paix!
Que ta Sainte Religion ne dépende jamais
Ni du Sabre, ni de la Coutume!
Que nuls Vendeurs & Acheteurs de Choses Sacrées
Ne mettent jamais le pied sur ta Terre!
Que nul orgueilleux Jouvenceau, & inepte Déclamateur,
Ne fasse jamais retentir chez toi ses malheureux Discours,
Ni ses Anti-Chrétiennes Satyres,
Sous le Nom de Prédication!
Que jamais mal-habile Copiste, ni hardi Perroquet,
N'ait la liberté d'entreprendre d'enseigner ton Peuple!
Que jamais tes sacrez Sanctuaires,
(Les Palais de la Sainteté du grand Dieu,)
Ne soient misérablement changez.
Ni en Théatres, ni en Boutiques, ni en Cavernes de Brigans!
Que jamais Dispute de Mot n'engendre parmi tes Enfans,
Ni Schisme, ni Haine, ni Cruauté!
Que jamais ignorant & superstitieux Bigot,

Ne

Ne corrompe ni ne deshonore les Loix Divines,
Par ses Puerilitez, ou par ses Fables!
Que jamais extravagant Dévot,
N'expose la Pieté en risée!
Ni ne rende les Véritez sacrées suspectes, scandaleuses, ou ridicules,
A ceux qui manquent de connoissance, & de discernement!
Que le Ciel te préserve, jusqu'à la fin des Siécles,
De tout présomptueux ver de Terre,
Qui se vante, audacieusement, d'expliquer les Mysteres!
Et qui s'érige en Embellisseur de Créance, & de Culte,
Selon sa folle & téméraire Sagesse!
Que ta Répub[illegible]e bien policée, ne soufre jamais aucun Astrologue!
A[illegible]un Apreneur *de Passages d'Homere!*
Aucun Esclave d'Othons rouillez!
Aucun Chercheur de Pierre Philosophale!
Aucun Poëte Poëtisant!
Et que nul ne soit jamais assez ridicule,
Pour prétendre tirer de la Gloire des Sciences vaines,
Ou des autres semblables choses qu'il s'est aquises,
Et que les Sages ne connoissent qu'avec mépris!
Que Tu puisses être à jamais garantie
De la pauvre misérable Secte des Anciennistes,
Race de Singes, ou de Perroquets, & non, d'Animaux raisonnables!
Que jamais Pédant insensé
Ne destine, déplorablement, chez toi le bref cours de sa vie,
(Qui doit être employée aux importans Devoirs)
A ces sortes d'Etudes qui n'aportent aucun contentement au Cœur;
Et qu'une miserable Coutume, seulement,
Fon-

Fondée sur un préjugé populaire,
A rendues celébres!
Que jamais Echo de la Multitude
Ne soit écouté chez toi que comme un Echo!
Que nul honête Larron, & Meurtrier,
Ne se fasse jamais un obligeant métier
D'attraper ton Argent,
En abrégeant impunément les jours de tes Habitans,
Après les avoir martyrisez dans leur Lit de langueur!
Que jamais Faiseur de Visites inutiles,
Ne vienne troubler les bonnes occupations de tes Sages!
Que jamais ni Dragons, ni Altesses, ni Moines,
Ni Louvres, ni Cachots,
Ni Représailles, ni Complimens,
Ni Esclavage, ni Mode incommode,
Ni Poudre à poudrer, ni Poudre à Canon,
Ne soient des choses connuës
Dans ta paisible, raisonnable, & heureuse Societé!
Sois à jamais exempte
De Fraude, d'Ambition, d'Avarice!
De Tyrannie!
Et de toute Méchanceté!
Que
La Vérité, la Sagesse, la Fidelité, l'Innocence,
La Justice, la Sûreté, l'Abondance,
Le Bonheur, la Paix, & la Joye,
Rendent à l'envi ton petit Paradis Terrestre,
Comme une Montre, & un Echantillon
Du PARADIS QUE LES ANGES HABITENT!

Comme j'achevois d'écrire ces Vœux pour ma chere Isle, je me souvins d'avoir lû, dans l'*Histoire de la Guerre des Vandales*, écrite par *Procope*, que com-

comme cet Auteur étoit en *Afrique*, avec *Bellissaire*, il trouva, dans une ville de *Numidie*, deux Colonnes de pierre, sur lesquelles étoit gravée cette Inscription, en Langage Phénicien; NOUS SOMMES DU NOMBRE DE CEUX QUI S'EN SONT FUIS, DE DEVANT LE GRAND VOLEUR JOSUE. Je n'avois ni Pierre, ni Marbre, pour faire une chose semblable; mais il me restoit un morceau de vélin, qui pouvoit durer autant que le Bronze, s'il étoit conservé dans cette phiole de verre dont j'ai parlé. Je dessinai donc une Colonne, le mieux que je pûs, érigeant au dessus, les Croix, & les Epines de nos Tribulations. D'un côté, j'écrivis nos Noms; & de l'autre, les paroles que voici.

NOUS SOMMES DU NOMBRE
DES
CENTAINES DE MILLIERS
A QUI DES AILES ONT ETE
DONNE'ES,
POUR
E'CHAPER DES DRAGONS FURIEUX
DU
GRAND LOYOLA.

Mais après y avoir fait réflexion, deux choses m'obligérent à effacer cette Inscription. Premierement, il me sembla que la comparaison n'étoit pas fort juste. Et pour seconde raison, je pensai que cela pourroit déplaire aux *Jesuites*, Societé vénérable, un peu équivoque à la vérité, mais à qui mes Compagnons & moi avions de grandes obligations. J'ôtai donc cela, sans me rendre esclave de ma premiere pensée: & pour ne la détruire pas absolument, en brisant la Colonne, je fis succeder à l'Inscription deux vers de *Virgile*, qui représentoient assez bien nôtre état: on les verra dans la Colonne que je mets ici. Je n'aime guéres le Latin, dans les Livres François; & même, j'ai presque tout oublié ce que je savois de cette Langue; mais il seroit difficile de traduire ces vers, sans en ôter la force & l'agrément.

Fin du Premier Tome.

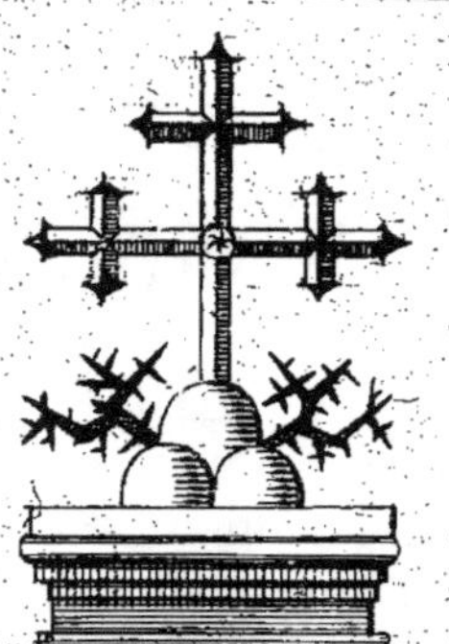

Nos
Patriâ pulsos.
Pelagique
extrema
Sequentes.

Fortuna
Omni potens
&
ineluctabile
Fatum
His posuêre
Locis.
An. Dom.
M. D C. XCI.
XXX
Aprilis.

Biennio
Cum 21. diebus
ibidem peractis.
Fragilem
truci Pelago
commisimus
ratem.
Die XX. Maj.
An. Dom.
M. DC. XCIII.

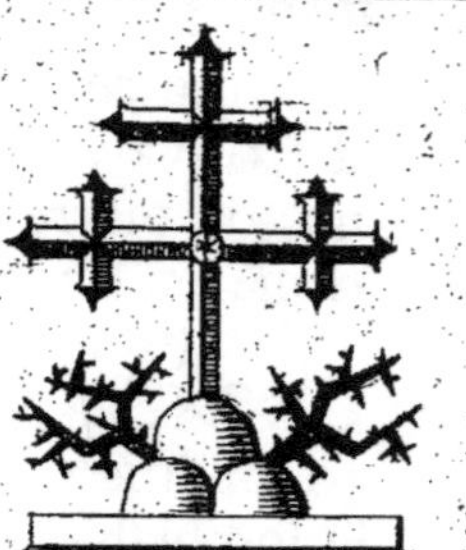

Franciscus
Leguat.
Paulus
*Be***le.*
Iacobus
de la Case.
Ioannes
Testard.
Isaaccus
Boyer.
Ioannes
de la Haye.
Robertus
Anselin.
Petrus
Thomas.

Isaaccus
Boyer.
Mundo
Valedicens.
Ad
Celestem
Patriam
abiit.
Maj. D. 8. A. 1693.

www.ingramcontent.com/pod-product-compliance
Lightning Source LLC
Chambersburg PA
CBHW061435030726
47503CB00005B/1417

* 9 7 8 2 0 1 4 4 8 5 2 6 4 *